WALT DISNEY

トレジャー・プラネット

キキ・ソープ作
橘高弓枝訳

目《もく》 次《じ》

おもな登場《とうじょう》キャラクター
CHARACTERS

ジム・ホーキンス
Jim Hawkins

冒険《ぼうけん》が大《だい》すきな15歳《さい》の少年《しょうねん》。海賊《かいぞく》の財宝《ざいほう》が眠《ねむ》るというトレジャー・プラネットの伝説《でんせつ》に魅《み》せられ、宝探《たからさが》しの旅《たび》にでることを夢《ゆめ》みている。

ドップラー博士《はかせ》
Dr. Doppler

お金持《かねも》ちの宇宙物理学者《うちゅうぶつりがくしゃ》。サラのよき相談相手《そうだんあいて》でもある。ジムのお目付《めつ》け役《やく》として、トレジャー・プラネットの宝《たから》を探《さが》す旅《たび》にでる。

WALT DISNEY

トレジャー・プラネット

TREASURE PLANET

アメリア船長《せんちょう》

Captain Amelia

強《つよ》い意志《いし》と勇気《ゆうき》と的確《てきかく》な判断力《はんだんりょく》をもつ、レガシー号《ごう》の船長《せんちょう》。指揮官《しきかん》としてはきびしい反面《はんめん》、ウィットとユーモアに富《と》む聡明《そうめい》な女性《じょせい》。

ジョン・シルバー

John Silver

宝《たから》をねらう海賊《かいぞく》の頭《かしら》。右半身《みぎはんしん》が機械《きかい》でできている。コックとして船《ふね》に乗《の》りこみ、悪《わる》だくみをはかるが、ジムとのふれ合《あ》いで良心《りょうしん》をとりもどす。

おもな登場《とうじょう》キャラクター

CHARACTERS

アロー
Arrow

アメリア船長《せんちょう》の腹心《ふくしん》の部《ぶ》下《か》で、優秀《ゆうしゅう》な一等航海士《いっとうこうかいし》。岩《いわ》のような外見《がいけん》どおりのタフな男《おとこ》。

ベン
B.E.N

ドジで、おしゃべりなロボット。トレジャー・プラネットの秘《ひ》密《みつ》をにぎっているが、記憶回《きおくかい》路《ろ》が失《うしな》われているため、思《おも》いだせない。

WALT DISNEY

トレジャー・プラネット

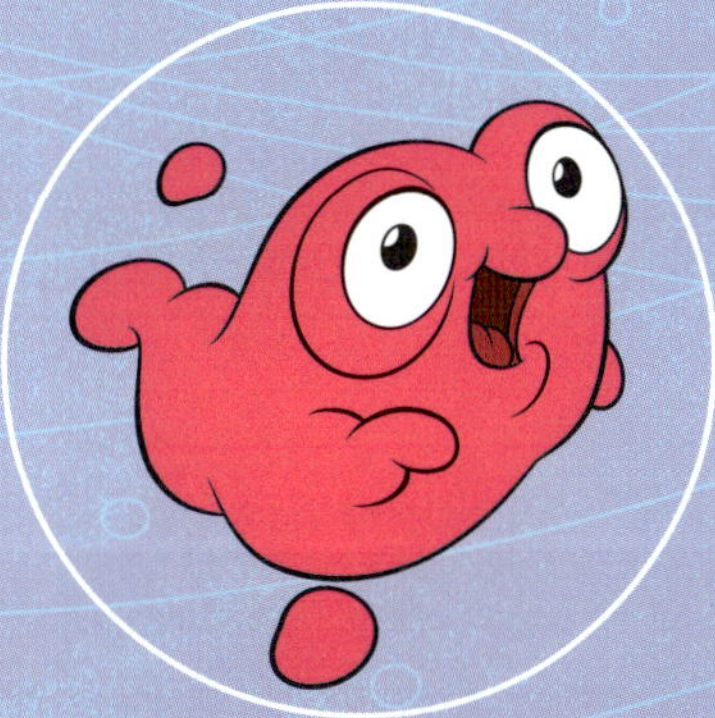

モーフ
Morph

シルバーのペット。どんなものにでも自由《じゆう》に姿《すがた》を変《か》えられる。元気《げんき》がよく、いたずらずきで、子犬《こいぬ》のように人《ひと》なつっこい性格《せいかく》。

スクループ
Scroop

クモに似《に》た邪悪《じゃあく》な海賊《かいぞく》。「シュー」というぶきみな声《こえ》をだす。船長《せんちょう》の忠実《ちゅうじつ》な部下《ぶか》を殺《ころ》し、その罪《つみ》をジムになすりつけようとする。

愛《あい》と感動《かんどう》の
冒険《ぼうけん》ファンタジー！

WALT DISNEY
トレジャー・プラネット

ジムは、宿屋《やどや》の近《ちか》くに不時着《ふじちゃく》した宇宙船《うちゅうせん》から男《おとこ》をたすけだす。男《おとこ》はジムに黄金《おうごん》の球《たま》をわたし、「サイボーグに気《き》をつけろ」といって息絶《いきた》える。

黄金《おうごん》の球《たま》には、おどろくべき秘密《ひみつ》が！　海賊《かいぞく》の財宝《ざいほう》が眠《ねむ》るという、トレジャー・プラネットに通《つう》じる地図《ちず》がかくされていたのだ！

ジムとドップラー博士《はかせ》は、黄金《おうごん》の球《たま》を手《て》がかりに、宝探《たからさが》しの旅《たび》にでることにした。船長《せんちょう》と乗組員《のりくみいん》もそろい、宇宙船《うちゅうせん》レガシー号《ごう》は出航《しゅっこう》する。

船《ふね》のコック、シルバーは、体《からだ》の右半分《みぎはんぶん》が機械《きかい》でできたサイボーグだった。とっさにジムは、ベンボウ亭《てい》で死《し》んだ男《おとこ》のことばを思《おも》いだす。

ジムは、乗組員《のりくみいん》のひそひそ話《ばなし》を盗《ぬす》み聞《ぎ》きしようとした。と、邪悪《じゃあく》な乗組《のりくみ》員《いん》スクループがあらわれ、「小僧《こぞう》は雑用《ざつよう》だけしてろ」とおどしつける。

レガシー号《ごう》は星《ほし》の爆発《ばくはつ》にまきこまれ、すさまじい衝撃《しょうげき》におそわれる。船長《せんちょう》の冷静《れいせい》な指示《しじ》でなんとか切《き》りぬけるが、船員《せんいん》1名《めい》が命《いのち》を落《お》とす。

船員《せんいん》を殺《ころ》したのはスクループだった。だが彼《かれ》は、その罪《つみ》をジムになすりつけた。落《お》ちこむジムをシルバーがはげまし、なぐさめる。

偶然《ぐうぜん》、ジムはおそろしい話《はなし》を耳《みみ》にした。シルバーは海賊《かいぞく》の頭《かしら》だったのだ！ 銃撃戦《じゅうげきせん》のすえに、ジムと船長《せんちょう》と博士《はかせ》はボートで逃《に》げだした。

トレジャー・プラネットに着陸《ちゃくりく》したジムたちを、海賊一味《かいぞくいちみ》が追《お》ってきた。かくれ場所《ばしょ》を探《さが》す途中《とちゅう》、ジムはベンと名《な》のるロボットと出会《であ》う。

海賊《かいぞく》におどされたジムが黄金《おうごん》の球《たま》を操作《そうさ》すると、空中《くうちゅう》に三角形《さんかくけい》の入《い》り口《ぐち》が!　ジムは宝《たから》の部屋《へや》に通《つう》じる入《い》り口《ぐち》をひらき、中《なか》に足《あし》をふみいれた。

部屋《へや》には莫大《ばくだい》な財宝《ざいほう》と、悪名高《あくめいたか》い海賊《かいぞく》フリントの死体《したい》があった。彼《かれ》は宝《たから》をぬすまれないように、星全体《ほしぜんたい》に自爆装置《じばくそうち》をしかけていたのだ！

次々《つぎつぎ》に爆発《ばくはつ》が起《お》こり、宝《たから》の部屋《へや》をゆるがした。宝《たから》は、床《ゆか》にできた大《おお》きな割《わ》れ目《め》に落《お》ちていく。ジムとシルバーは、命《いのち》からがら逃《に》げだした。

トレジャー・プラネットの爆破《ばくは》まで、あと数分《すうふん》。逃《に》げる方法《ほうほう》は一つしかない。ジムは即席《そくせき》のソーラー・ボードをつくり、炎《ほのお》の中《なか》につっこんだ。

ジムは三角形《さんかくけい》の入《い》り口《ぐち》を操作《そうさ》して、レガシー号《ごう》をモントレッサ星《せい》に導《みちび》いた！　船《ふね》が入《い》り口《ぐち》をぬけた直後《ちょくご》、トレジャー・プラネットが爆発《ばくはつ》した。

Disney's Treasure Planet

プロローグ

宇宙《うちゅう》のかなたの惑星《わくせい》ペルジノールには、平和《へいわ》な時代《じだい》がつづいていた。ペルジノール星《せい》が闇《やみ》につつまれた静《しず》かな夜《よる》をむかえると、金銀財宝《きんぎんざいほう》を積《つ》んだ巨大《きょだい》な商船《しょうせん》が宇宙《うちゅう》空間《くうかん》を航行《こうこう》しはじめる。商船《しょうせん》をじゃまするものは何《なに》もなかった。安全《あんぜん》に、おだやかに航海《こうかい》することができた。

だが、やがて、商船《しょうせん》の安全《あんぜん》な航海《こうかい》がおびやかされる時代《じだい》がおとずれた。海賊《かいぞく》が出没《しゅつぼつ》しはじめたのだ。

海賊《かいぞく》たちは、星雲《せいうん》のあいだをぬって航海《こうかい》しながら獲物《えもの》を探《さが》しだし、商船《しょうせん》の積《つ》み荷《に》を略奪《りゃくだつ》する。海賊《かいぞく》たちの中《なか》で、もっともおそれられたのは、悪名高《あくめいたか》いナサニエル・

フリントだった。

海賊《かいぞく》フリントと彼《かれ》の一味《いちみ》は、いずこからともなくあらわれて、ふいに商船《しょうせん》におそいかかる。海賊船《かいぞくせん》に装備《そうび》された大砲《たいほう》が威力《いりょく》を発揮《はっき》するのだ。海賊一味《かいぞくいちみ》は大砲《たいほう》を発射《はっしゃ》して帆《ほ》をひきさき、マストを破壊《はかい》して、商船《しょうせん》の動《うご》きを封《ふう》じてしまう。それから商船《しょうせん》になだれこみ、金貨《きんか》や宝石《ほうせき》をうばって、いずこへともなく去《さ》っていくのだ。

フリント一味《いちみ》が猛威《もうい》をふるった恐怖《きょうふ》の時代《じだい》は、何《なん》十年《ねん》もつづいた。その間《かん》、商船《しょうせん》はつねに恐怖《きょうふ》と危険《きけん》にさらされていた。安全《あんぜん》な航行《こうこう》など望《のぞ》めなくなっていた。ところが、ある日突然《ひとつぜん》、フリント一味《いちみ》はいなくなった。足跡《あしあと》も手《て》がかりも残《のこ》さず、消《き》えてしまったのだ。

こうして、海賊《かいぞく》フリントの時代《じだい》は終《お》わりを告《つ》げた。

それから百年《ねん》あまりにわたって、フリントの物語《ものがたり》は宇宙人《うちゅうじん》の口《くち》から口《くち》へと語《かた》りつがれてきた。とりわけ大《おお》きな関心《かんしん》を呼《よ》んだのは、フリント一味《いちみ》がうばった金貨《きんか》や宝石《ほうせき》の行方《ゆくえ》だった。宇宙《うちゅう》のさまざまな星《ほし》の住人《じゅうにん》たちのあいだでは、宝物《たからもの》の山《やま》が銀河系《ぎんがけい》宇宙《うちゅう》のどこかにかくされているという言《い》い伝《つた》えが残《のこ》っていた。

1　冒険《ぼうけん》ずきな少年《しょうねん》

モントレッサ星《せい》の港町《みなとまち》、ベンボウのはずれでは、十五歳《さい》のジム・ホーキンス少年《しょうねん》が帆《ほ》をとりつけたソーラー・ボードに乗《の》りこみ、町《まち》の上空《じょうくう》へ飛《と》びたとうとしていた。廃物《はいぶつ》の平《たい》らな金属板《きんぞくばん》を利用《りよう》したボード本体《ほんたい》に、飛行用《ひこうよう》のエネルギー・パネルを装備《そうび》しただけのソーラー・ボードは、ひどく不安定《ふあんてい》に見《み》える。

しかし、ジムは操縦用《そうじゅうよう》のにぎりをつかむと、慣《な》れた手《て》つきでソーラー・ボードをあやつった。崖《がけ》の上《うえ》からいきおいよく飛《と》びたつと、帆《ほ》を折《お》りたたんでぐんぐん降下《こうか》しはじめる。

横転《おうてん》、後《うし》ろ宙返《ちゅうがえ》り……ソーラー・ボードは、きりきり舞《ま》いしながら急降下《きゅうこうか》していく。そして、地上《ちじょう》にたたきつけられる寸前《すんぜん》、折《お》りたたんでいた帆《ほ》をひろげた。帆《ほ》が風《かぜ》をはらみ、ソーラー・ボードを上昇《じょうしょう》させる。ジムはエンジンをふかすと、風《かぜ》に乗《の》ってベンボウの上空《じょうくう》を飛《と》びはじめた。

「わあーっ！」

風《かぜ》に茶色《ちゃいろ》い髪《かみ》をなびかせながら、ジムは興奮《こうふん》して声《こえ》をあげた。ジムは、夢《ゆめ》と空想《くうそう》にみちた冒険《ぼうけん》が大《だい》すきな少年《しょうねん》だった。

はてしない銀河系宇宙《ぎんがけいうちゅう》には、古《ふる》い時代《じだい》から、冒険《ぼうけん》を求《もと》めて旅《たび》する人《ひと》たちのさまざまな物語《ものがたり》が語《かた》りつがれてきた。ジムはおさないころから、そんなスリルいっぱいの物語《ものがたり》をきかされながら育《そだ》ってきたのだ。

前方《ぜんぽう》に古《ふる》い廃鉱《はいこう》が見《み》えてきた。廃鉱《はいこう》の入《い》り口《ぐち》には、黒《くろ》と黄色《きいろ》のバリケードが立《た》ててある。立《た》ち入《い》り禁止《きんし》になっているのだ。

ジムは、めいっぱいスピードをあげて入《い》り口《ぐち》につっこみ、バリケードをやぶって中《なか》に入《はい》ると、採掘用《さいくつよう》のさびついた機械《きかい》のあいだをぬうようにして飛《と》びはじめた。ソーラー・ボードが古《ふる》い金属製《きんぞくせい》の管《かん》のわきをかすめた拍子《ひょうし》に、金属《きんぞく》と金属《きんぞく》がこすれてガリガリと音《おと》をたて、火花《ひばな》がちった。

そのときふと、二つの巨大《きょだい》な車輪《しゃりん》がジムの目《め》にとまった。車輪《しゃりん》のあいだには、おとな一人《ひとり》が通《とお》れるかどうかの、ごくせまいすきまがあるだけだ。

ジムはソーラー・ボードの先端《せんたん》をそちらにむけると、せまいすきまを通《とお》りぬけようとした。ほんの少《すこ》しでもボードの操作《そうさ》をあやまると、金属《きんぞく》の車輪《しゃりん》に体《からだ》をぶつけてバランスをくずす。そのままボードから落《お》ちると、はるか下《した》の巨大《きょだい》な機械《きかい》にたたきつけられてしまうのだ！

ジムはソーラー・ボードのエンジンをふかすと、せまいすきまをフルスピードで通《とお》りぬけ、「わーっ」と歓声《かんせい》をあげた。

しかし、突然《とつぜん》、パトカーのサイレンがけたたましい音《おと》をたてはじめた。

「またか。よせよ。」

ジムは思《おも》わずうめくと、ソーラー・ボードを止《と》めて、パトカーからおりてくる二人《ふたり》のロボット警官《けいかん》を見《み》つめた。ジムが逮捕《たいほ》されるのは初《はじ》めてではなかった。


そのころ、サラ・ホーキンスはベンボウ亭《てい》の食堂《しょくどう》を行《い》ったり来《き》たりしながら、客《きゃく》たちに朝食《ちょうしょく》を運《はこ》んでいた。

ベンボウ亭《てい》は、サラが女手《おんなで》一《ひと》つで切《き》り盛《も》りしている宿屋《やどや》だ。港《みなと》のすぐ近《ちか》くにあって宿賃《やどちん》が安《やす》いため、宇宙空間《うちゅうくうかん》を航行《こうこう》してモントレッサ星《せい》に寄港《きこう》する船《ふね》の乗客《じょうきゃく》にとって、かっこうの宿《やど》だった。料理《りょうり》もおいしいので町《まち》の人《ひと》たちにも人気《にんき》があり、食事《しょくじ》どきには客《きゃく》でこみあう。せめて手伝《てつだ》いでもいてくれれば、とサラは思《おも》わずにいられなかった。

ジムはどこかしら？　サラは茶色《ちゃいろ》い乱《みだ》れ毛《げ》をかきあげながら、息子《むすこ》のことを考《かんが》えた。サラの美《うつく》しい顔《かお》には疲《つか》れが見《み》える。

「はい……パープ・ジュースのおかわりですね。すぐにお持《も》ちしますわ、ミセス・ダンウッディ。」

サラは客《きゃく》の一人《ひとり》に声《こえ》をかけたあと、料理《りょうり》をのせた大《おお》きなトレイをかかげ、近《ちか》くのテーブルに運《はこ》んでいった。

カエルのような姿《すがた》をした宇宙人《うちゅうじん》の一家《いっか》が、期待《きたい》にみちた顔《かお》つきでサラが近《ちか》づいてくるのを待《ま》っている。

「円盤《えんばん》パイ四つ、月食《げっしょく》エッグ二つ……。」

サラは、まず玉虫色《たまむしいろ》のパイと青《あお》いフライドエッグをテーブルにおろし、それから、うごめく虫《むし》を盛《も》った深皿《ふかざら》を小《ちい》さな宇宙人《うちゅうじん》の前《まえ》に置《お》いた。

「さあ、坊《ぼう》やにはゾラリス星《せい》のゼリー虫《むし》の大盛《おおも》りよ。」

少年《しょうねん》はグリーンの顔《かお》をぱっとかがやかせた。

「わあ、すごい！」

声《こえ》をあげると、舌《した》なめずりしてから深皿《ふかざら》に顔《かお》をつっこんだ。

「どうぞ、ごゆっくり！」

サラはにっこりしながら声《こえ》をかけ、次《つぎ》のテーブルへうつった。そのテーブルには、めがねをかけた宇宙人《うちゅうじん》がすわっている。上得意《じょうとくい》の客《きゃく》でもあり、サラの友人《ゆうじん》でもある宇宙物理学者《うちゅうぶつりがくしゃ》のドップラー博士《はかせ》だった。犬《いぬ》のような大《おお》きな耳《みみ》と鼻《はな》が特徴《とくちょう》だ。

サラが大《おお》きなボウルをテーブルに置《お》くと、ドップラー博士《はかせ》は慎重《しんちょう》な手《て》つきでナプキンをえりの中《なか》にはさみこんだ。

「おそくなってごめんなさい、デルバート。今朝《けさ》はずっと、てんてこ舞《ま》いのいそがしさなの。」

サラはあやまった。

「気《き》にせんでいいよ、サラ。」

ドップラー博士《はかせ》は犬《いぬ》のようにに鼻《はな》をくんくんさせながら、にんまりした。

「チャウダーのこのにおい、たまらんね。おう、今朝《けさ》は日干《ひぼ》し種入《たねい》りか！」

スプーンにすくったチャウダーを口《くち》もとまで運《はこ》んだそのとき、博士《はかせ》は自分《じぶん》の横《よこ》にカエルのような顔《かお》をした小《ちい》さな女《おんな》の子《こ》が立《た》っていることに気《き》がついた。女《おんな》の子《こ》は背《せ》のびしてテーブルの上《うえ》に顔《かお》をつきだし、大《おお》きな目《め》をくりくりさせている。

「やあ、お嬢《じょう》ちゃん、何《なに》か気《き》になるものがあるのかな？」

ドップラー博士《はかせ》はたずねた。

少女《しょうじょ》は、だまってチャウダーを見《み》つめている。ドップラー博士《はかせ》は、だんだんおちつかない気分《きぶん》になった。

「パパとママはどこかな？」

博士《はかせ》はやさしく問《と》いかけた。それでも、女《おんな》の子《こ》は口《くち》をきこうとしない。

「どうかした……？」

博士《はかせ》がいいおわらないうちに、少女《しょうじょ》の長《なが》い舌《した》がスプーンのほうへさっとのびてきて、すばやくチャウダーをなめとった。

「わっ！」

ドップラー博士《はかせ》はおどろいて声《こえ》をあげた。

サラがテーブルにもどってきたとき、少女《しょうじょ》はよちよち歩《ある》きではなれていくところだった。

「あの年《とし》ごろの子《こ》どもって、かわいいわね。」

サラはいった。

ドップラー博士《はかせ》は、しかめ面《つら》で少女《しょうじょ》の後《うし》ろ姿《すがた》を見送《みおく》りながら、

「ああ、なげかわし……あっ、いや、かわいい！　そういえば、ジムはうまくやってるかね？」

「ええ、ずいぶん成長《せいちょう》したわ。」

博士《はかせ》のとなりのテーブルでよごれた皿《さら》を集《あつ》めながら、サラは答《こた》えた。

「今年《ことし》の初《はじ》めごろは、まだまだやんちゃな面《めん》が目立《めだ》ったけれど。ちょうど、子《こ》どもからおとなへの曲《ま》がり角《かど》にさしかかって……。」

と、そのとき、食堂《しょくどう》のドアがいきおいよくあいた。

「ホーキンスさん。」

ロボットの人工的《じんこうてき》な声《こえ》がひびいた。

サラは声《こえ》のする方向《ほうこう》をふりかえった。入《い》り口《ぐち》には、息子《むすこ》のジムの姿《すがた》があった。二人《ふたり》のロボット警官《けいかん》が、ジムを両側《りょうがわ》からかかえるようにして立《た》っている。

サラの手《て》から皿《さら》がすべり落《お》ち、ガチャンと大《おお》きな音《おと》をたてた。

「ジム！」

サラはさけんだ。

「ふーむ、曲《ま》がり角《かど》をまちがえたか……。」

ドップラー博士《はかせ》はつぶやいた。

ロボット警官《けいかん》たちが、サラのほうへ近《ちか》づいてくる。

「あんたの息子《むすこ》を逮捕《たいほ》した。立《た》ち入《い》り禁止区域《きんしくいき》に入《はい》りこんで、ソーラー・ボードを乗《の》りまわしてたんでね。」

ロボット警官《けいかん》Aが説明《せつめい》する。

サラはがっかりした表情《ひょうじょう》で息子《むすこ》を見《み》つめた。ジムは、ばつが悪《わる》そうに肩《かた》をすくめ、目《め》をそらした。

「保護観察中《ほごかんさつちゅう》の違反《いはん》は罪《つみ》が重《おも》い。」

ロボット警官《けいかん》Aは話《はなし》をつづけた。

「ええ、わかっています。でも……。」

サラはいいよどんだ。

「ちょっといいかな、おまわりさん。」

突然《とつぜん》、ドップラー博士《はかせ》が割《わ》って入《はい》り、警官《けいかん》たちのほうへすすみでた。

「口《くち》をはさんで申《もう》しわけない。宇宙物理学者《うちゅうぶつりがくしゃ》のドクター・デルバート・ドップラーだ。わたしの名前《なまえ》は耳《みみ》にしたことがあるだろうね？」

警官《けいかん》たちは、あっけにとられた表情《ひょうじょう》で博士《はかせ》を見《み》つめた。

「ほう、初耳《はつみみ》か？　新聞《しんぶん》の切《き》り抜《ぬ》きがある。」

ドップラー博士《はかせ》はポケットの中《なか》を手探《てさぐ》りしはじめた。

「この子《こ》の父親《ちちおや》か？」

ロボット警官《けいかん》Aは、きびしい口調《くちょう》で問《と》いつめた。

「いやいや、まさか！」

ドップラー博士《はかせ》ははげしく首《くび》をふった。

「ちがいますわ！　古《ふる》い友人《ゆうじん》です。」

サラがあわてて説明《せつめい》する。

「では、ひっこんでろ、博士《はかせ》！」

ロボット警官《けいかん》Aが命令《めいれい》した。

「ありがとう、デルバート、もういいわ。あとは、わたしにまかせて。」

「サラ、きみがそういうなら。」

ドップラー博士《はかせ》はひきさがった。

「違反《いはん》をくりかえしたので、ソーラー・ボードを押収《おうしゅう》する。この次《つぎ》、規則《きそく》をやぶったら、少年院送《しょうねんいんおく》りだからな。」

ロボット警官《けいかん》Aは警告《けいこく》した。

「つまり、少年刑務所《しょうねんけいむしょ》行きだ。」

ロボット警官《けいかん》Bがつけくわえた。

ジムはほおを真《ま》っ赤《か》にして、ロボット警官《けいかん》たちをにらみつけた。

「寛大《かんだい》な処分《しょぶん》に感謝《かんしゃ》します。二度《ど》と同《おな》じまねはさせませんから。」

サラは警官《けいかん》たちに約束《やくそく》し、息子《むすこ》にきびしい表情《ひょうじょう》をむけた。

「彼《かれ》のようなタイプは見《み》なれている。」

ロボット警官《けいかん》Aが切《き》りだした。

「道《みち》をふみはずし……。」

警官《けいかん》Bがいった。

「袋小路《ふくろこうじ》に追《お》いつめられる……。」

「落《お》ちこぼれだ。」

ロボット警官《けいかん》AとBが口《くち》をひらくたびに、サラは肩《かた》を落《お》とした。

「これからは息子《むすこ》をしっかり監視《かんし》することだ。」

ロボット警官《けいかん》Aは陽気《ようき》な口《くち》ぶりでいった。

「行《い》こう。」

警官《けいかん》Bは仲間《なかま》をうながして、ベンボウ亭《てい》をあとにした。

食堂《しょくどう》にひきかえしたサラを待《ま》っていたのは、客《きゃく》たちの視線《しせん》だった。食事中《しょくじちゅう》の手《て》を休《やす》め、サラとジムを見《み》つめている。サラはまごつき、あわててジムを食堂《しょくどう》のすみにひっぱっていった。

「もうたくさんよ、ジム！　いったい、どういうつもりなの？　少年院《しょうねんいん》に入《はい》りたいの？」

ジムはひるんだ。だまってトレイをつかむと、テーブルに放置《ほうち》されている食後《しょくご》の皿《さら》をかたづけようとした。

「ジム、母《かあ》さんの目《め》を見《み》て！」

サラはさけんだ。

それでも、ジムは口《くち》をきこうとしない。無言《むごん》のまま、よごれた皿《さら》とコップを集《あつ》めつづけている。

サラはため息《いき》をついた。

「この宿屋《やどや》を一人《ひとり》でやっていくのはむりなのよ。あなたがいなかったら……。」

と、いきなり、ジムは母親《ははおや》をふりかえった。

「母《かあ》さん、ぼくはべつに悪《わる》いことなんかしてないよ！　近《ちか》くには、だれもいなかった。だから、ソーラー・ボードで楽《たの》しんでただけなんだ。なのに、あいつらが、いきなりぼくをひっつかんで……。」

母《はは》の表情《ひょうじょう》を見《み》ると、突然《とつぜん》、ジムは口《くち》をつぐんだ。母《かあ》さんは、ぼくの話《はなし》を信《しん》じてない……。ジムは母《はは》に背《せ》をむけた。

「もういいよ。」

「ホーキンスさん！　わたしのジュースは？」

ミセス・ダンウッディが空《から》のグラスをふりながら呼《よ》びかけた。

「すぐにお持《も》ちします、ミセス・ダンウッディ！」

サラは声《こえ》をかえすと、飲《の》み物用《ものよう》のカウンターのほうへ足早《あしばや》にむかいながら、息子《むすこ》をふりかえった。

「自分《じぶん》の将来《しょうらい》について、もっと真剣《しんけん》に考《かんが》えなきゃだめよ、ジム。将来《しょうらい》をむだにしてほしくないの。」

ジムはよごれた皿《さら》を見《み》おろした。

「ああ。」

ため息《いき》まじりにうなずくと、キッチンに入《はい》りながら小《ちい》さくつぶやいた。

「ぼくの将来《しょうらい》？　どんな将来《しょうらい》があるっていうんだ？」

2 海賊一味《かいぞくいちみ》の乱入《らんにゅう》

ジムはベンボウ亭《てい》の屋根《やね》の上《うえ》にすわり、あらしの前《まえ》ぶれの黒《くろ》い雲《くも》をぼんやりと見《み》あげた。遠《とお》くの雷鳴《らいめい》が、かすかにきこえてくる。まもなく、雨《あま》つぶがぽつりぽつりと落《お》ちてきた。

しかし、ジムは動《うご》こうとしなかった。まだ家《いえ》には入《はい》りたくない。母《はは》のがっかりした顔《かお》なんて見《み》たくない。

ジムには、母《はは》をこまらせたり心配《しんぱい》させたりするつもりなど、これっぽっちもなかった。ところが、さわぎやトラブルをさけようとするときでさえ、なぜか母《はは》を混乱《こんらん》させる結果《けっか》になってしまうのだ。

しだいに雨《あま》つぶが大《おお》きくなり、白《しろ》っぽい稲光《いなびかり》が空《そら》をジグザグに走《はし》った。ジムはため息《いき》をつくと、腰《こし》をあげた。そのとき、窓《まど》からなじんだ声《こえ》がひびいてきた。ジムは屋根《やね》から身《み》をのりだすと、窓《まど》ごしに部屋《へや》をのぞきこんだ。

ドップラー博士《はかせ》と母《はは》の声《こえ》だった。二人《ふたり》は椅子《いす》に腰《こし》をおろしてしゃべっている。

「サラ、きみはうまくやってるよ。たいしたもんだ。宿屋《やどや》を営《いとな》むかたわら、ジムのような落《お》ちこぼ……いや、息子《むすこ》を育《そだ》ててきた。」

「うまくやってる、ですって？　とんでもない。ぎりぎりのところまで追《お》いつめられてるわ。父親《ちちおや》がいなくなってから……ジムは変《か》わってしまった。いまだに立《た》ち直《なお》れないままなのよ。」

二人《ふたり》の会話《かいわ》をきいているうちに、ジムは落《お》ちつかない気分《きぶん》になった。これまで母《はは》のサラとは、父《ちち》について話《はな》し合《あ》ったことなど一度《ど》もなかった。ジムがまだ九歳《さい》のころ、父《ちち》は航海《こうかい》にでたきり、もどってこなかったのだ。でもジムは、いまでも毎日《まいにち》のように父《ちち》のことを考《かんが》えている。

「ジムは頭《あたま》のいい子《こ》よ。それはあなたも知《し》ってるでしょ。」

サラの話《はなし》がつづいている。

「太陽熱《たいようねつ》を利用《りよう》して初《はじ》めてソーラー・ボードをつくったのは、まだ八歳《さい》のころよ！　そのくせ、学校《がっこう》では落第生《らくだいせい》。絶《た》えずめんどうを起《お》こしてるわ。わたしが注意《ちゅうい》すると、まるで他人《たにん》のような口《くち》をきくの。」

サラはため息《いき》をついた。

「自分《じぶん》では、できることをすべてやってるつもりなのよ、デルバート。何《なに》か、いまの状況《じょうきょう》を変《か》えるきっかけさえあれば……。」

と、ふいに、大《おお》きなエンジン音《おん》がとどろき、サラの声《こえ》をかき消《け》した。

ジムはぎょっとして、音《おと》のする方向《ほうこう》をふりかえった。バランスを失《うしな》った小型宇宙《こがたうちゅう》船《せん》が、ベンボウ亭《てい》の近《ちか》くの桟橋《さんばし》にむかって急降下《きゅうこうか》してくるではないか！　宇宙船《うちゅうせん》は、すさまじい衝撃音《しょうげきおん》とともに栈橋《さんばし》につっこんだ。

「わっ！」

すぐさま、ジムは屋根《やね》からおりると、栈橋《さんばし》につづく坂《さか》をかけおりていった。そして、煙《けむり》をだしている船体《せんたい》の中《なか》をのぞきこみ、心配《しんぱい》そうに声《こえ》をかけた。

「船長《せんちょう》さん！　だいじょうぶですか？」

かぎ爪《づめ》のある手《て》が、ガラスのドアを中《なか》からおしあけた。ジムは思《おも》わずあとずさりした。操縦室《そうじゅうしつ》からはいだしてきたのは、カメに似《に》た年《とし》よりの宇宙人《うちゅうじん》だった。宇宙人《うちゅうじん》は、ぼうっとした顔《かお》つきであたりを見《み》まわした。ジムに気《き》づくと、いきなり胸《むな》ぐらをひっつかんだ。

「やつが来《く》る！」

宇宙人《うちゅうじん》は、おびえた声《こえ》をしぼりだした。

「ほら、きこえるだろ？　まるで悪魔《あくま》のように、機械装置《きかいそうち》と方向探知機《ほうこうたんちき》が音《おと》をたてて動《うご》いてる！」

「きっと、どこかに頭《あたま》を強《つよ》くぶつけたんだね？」

ジムはいうと、年老《としお》いた宇宙人《うちゅうじん》から身《み》をふりほどこうとした。

「わしのトランクをねらってるんだ！　凶悪《きょうあく》なサイボーグと手下《てした》の殺《ころ》し屋《や》どもが！」

宇宙人《うちゅうじん》はジムの体《からだ》をはなすと、操縦室《そうじゅうしつ》から小《ちい》さなトランクをひきだして肩《かた》にかついだ。

「だが、手《て》に入《い》れたけりゃ、このビリー・ボーンズを死体《したい》にしてから……。」

宇宙人《うちゅうじん》はゴホゴホとせきこんだかと思《おも》うと、くずれるようにたおれこんだ。その拍子《ひょうし》に、トランクが地面《じめん》にころげ落《お》ちた。

ジムは、ビリー・ボーンズと名乗《なの》る宇宙人《うちゅうじん》を見《み》おろした。ボーンズの額《ひたい》には、玉《たま》のような汗《あせ》がうかんでいる。ジムは口《くち》もとをきゅっとひき結《むす》んだ。死《し》にかけている宇宙人《うちゅうじん》を、このままほうっておくことはできない。

「さあ、ぼくにつかまって。」

ジムはボーンズに肩《かた》を貸《か》して立《た》たせた。それから片方《かたほう》の腕《うで》でボーンズの体《からだ》をささえ、もう一方《いっぽう》の手《て》でトランクをつかむと、ベンボウ亭《てい》に通《つう》じる坂《さか》をのぼっていった。

ベンボウ亭《てい》では、サラがしょんぼりと椅子《いす》にすわり、降《ふ》りしきる雨《あめ》を窓《まど》ごしにぼんやりとながめていた。

「つまらない話《はなし》をきかせちゃって、ごめんなさい、デルバート。」

サラは力《ちから》ない声《こえ》でいった。

ドップラー博士《はかせ》はサラの肩《かた》をたたくと、

「きっとうまくいくさ。いまにわかる。」

はげますように答《こた》え、玄関《げんかん》ドアにむかって歩《ある》きだした。

サラは首《くび》にかけたペンダントのふたをあけると、目《め》の前《まえ》にあらわれた、おさないころのジムの立体映像《りったいえいぞう》をながめた。このペンダントには、光《ひかり》の波動《はどう》を利用《りよう》してつくられたジムのホログラムがおさめられているのだ。

サラは息子《むすこ》のむじゃきな笑《わら》い声《ごえ》を思《おも》いだして、ため息《いき》をついた。ジムの笑《わら》い声《ごえ》をきかなくなったのは、いったいいつからだろう？

「ドアをあけると、あのころのジムが……ペットをだいた幸《しあわ》せそうなジムが立《た》っている……そんな日《ひ》がもどってくることを、ずっと夢《ゆめ》みているの。」

サラはさびしそうにつぶやいた。

突然《とつぜん》、玄関《げんかん》ドアを強《つよ》くたたく音《おと》がひびいた。

ドップラー博士《はかせ》はドアをあけた。とたんに、びっくりして後《あと》ずさりした。稲光《いなびかり》が、ずぶぬれになったジムを照《て》らしだす。ジムは、何者《なにもの》かのぐったりした大《おお》きな体《からだ》をかかえるようにして立《た》っている。

「ジム、どうしたの……！」

サラは息《いき》をのんだ。

「母《かあ》さん、彼《かれ》は大《おお》けがしてるんだ！」

ジムはぴしゃりとさえぎった。

ビリー・ボーンズは床《ゆか》にたおれこむと、苦《くる》しそうにゼーゼー息《いき》をした。

「わしのトランクを！」

ボーンズはうめいた。

ジムはあわてて、トランクを床《ゆか》におろした。

ボーンズが錠《じょう》の部分《ぶぶん》に秘密《ひみつ》の番号《ばんごう》を入力《にゅうりょく》すると、トランクのふたがぱっとあいた。

ボーンズはトランクに手《て》をつっこむと、ふるえる指《ゆび》で小箱《こばこ》から何《なに》かの包《つつ》みをつかみだし、ジムのほうへさしだした。

「もうじき、やつが来《く》る。これが見《み》つかったら、おしまいだ。」

ボーンズはあえいだ。

「やつって、だれ？」

ジムはたずねた。

ふたたび、ボーンズはジムの胸《むな》ぐらをつかむと、自分《じぶん》のほうへぐいとひきよせた。

ジムの顔《かお》に宇宙人《うちゅうじん》の息《いき》がかかるほどだ。

ボーンズはささやいた。

「サイボーグだ。サイボーグに気《き》をつけろ！」

この言葉《ことば》を最後《さいご》に、ボーンズは目《め》をつぶり、床《ゆか》にくずれて動《うご》かなくなった。

ジムは、手《て》わたされたぼろ布《ぬの》の包《つつ》みをじっと見《み》つめた。

そのときふいに、雷鳴《らいめい》以上《いじょう》に不気味《ぶきみ》な低《ひく》い音《おと》がとどろいた。ジム、サラ、ドップラー博士《はかせ》の三人《にん》は目《め》をまるくして、たがいの顔《かお》を見合《みあ》わせた。

ジムは窓辺《まどべ》にかけよった。どしゃぶりの雨《あめ》をすかして、坂《さか》の下《した》にひろがる港《みなと》に目《め》をこらすと、埠頭《ふとう》に大型帆船《おおがたはんせん》が停泊《ていはく》しているのが見《み》える。甲板《かんぱん》からおりてくる人《ひと》の群《む》れも見《み》えた。

ジムには、すぐにぴんときた。海賊《かいぞく》だ！　海賊一味《かいぞくいちみ》がやってきたのだ！

サラは息子《むすこ》のかたわらにかけよるなり、ぞっとして目《め》を大《おお》きく見《み》ひらいた。海賊《かいぞく》一味《いちみ》は、ベンボウ亭《てい》に通《つう》じる坂《さか》をのぼってくるではないか！

「早《はや》く！　逃《に》げよう！」

ジムは母《はは》の手《て》をひっつかむと、階段《かいだん》をかけあがった。

ドップラー博士《はかせ》は凍《こお》りついたようにその場《ば》に立《た》ちつくし、窓《まど》の外《そと》を見《み》つめていた。

と、ふいに、レーザー光線《こうせん》が飛《と》んできたかと思《おも》うと、そのまま窓《まど》ガラスをつきぬけ、博士《はかせ》がこわきにかかえた本《ほん》に穴《あな》をあけた。

博士《はかせ》は恐怖《きょうふ》のさけび声《ごえ》をもらすと、大《おお》あわてで階段《かいだん》をかけあがった。

その直後《ちょくご》、ベンボウ亭《てい》のドアが乱暴《らんぼう》におしあけられ、海賊一味《かいぞくいちみ》がどっとなだれこんできた。

「どこなんだ？」

海賊一味《かいぞくいちみ》の一人《ひとり》がうなった。

すぐさま、仲間《なかま》たちが家捜《やさが》しをはじめる。

「この家《いえ》のどこかにあるはずだ！」

海賊《かいぞく》の一人《ひとり》が、椅子《いす》やテーブルをひっくりかえしながらわめいた。

「見《み》つけろ！」

別《べつ》の海賊《かいぞく》が大声《おおごえ》をあげる。

海賊一味《かいぞくいちみ》は剣《けん》をひきぬくと、クッションや食糧袋《しょくりょうぶくろ》を切《き》りさいてビリー・ボーンズの包《つつ》みが入《はい》った小箱《こばこ》を探《さが》しまわった。

と、いきなり、別《べつ》の音《おと》がひびいてきた。手下《てした》の海賊《かいぞく》たちからひと足《あし》おくれて、一味《いちみ》の頭《かしら》がベンボウ亭《てい》に入《はい》ってきたのだ。頭《かしら》の右腕《みぎうで》はカチカチ、ブンブンと音《おと》をたてている。

海賊《かいぞく》の頭《かしら》は部屋《へや》の中央《ちゅうおう》で足《あし》を止《と》め、ビリー・ボーンズの死体《したい》に長《なが》い影《かげ》を投《な》げかけた。死体《したい》のわきには、トランクと空《から》の箱《はこ》がころがっている。

そのころ、ベンボウ亭《てい》の屋根裏部屋《やねうらべや》では、ドップラー博士《はかせ》が窓《まど》をあけ、下《した》の通《とお》りで馬車《ばしゃ》につながれたまま主人《しゅじん》を待《ま》っている四本足《ほんあし》の大《おお》きな生《い》き物《もの》に呼《よ》びかけた。

「ディライラ！　そこにいろ……動《うご》くな……。」

ドップラー博士《はかせ》は命令《めいれい》した。

サラ、ジム、そして博士《はかせ》は、屋根裏《やねうら》の窓《まど》のでっぱりに立《た》っていた。海賊一味《かいぞくいちみ》から逃《に》げだすためには、地上三階《ちじょうかい》の窓《まど》からとびおりるしかなかった。しかし、サラはおびえて窓枠《まどわく》にしがみついた。

「心配《しんぱい》するな、サラ。かならず馬車《ばしゃ》の上《うえ》に着地《ちゃくち》するから！」

ドップラー博士《はかせ》は勇気《ゆうき》づけた。

「いいえ、だめよ！　むりだわ！」

サラはしりごみした。

「三つかぞえる。それを合図《あいず》に、とびおりるんだ。」

博士《はかせ》はサラの手《て》をつかむと、

「一……二……。」

ドップラー博士《はかせ》の声《こえ》がとぎれた。海賊一味《かいぞくいちみ》の黒《くろ》い影《かげ》が、屋根裏部屋《やねうらべや》に通《つう》じる階段《かいだん》をのぼってきたからだ！

ぐずぐずしているひまはなかった。とっさに、ジムは窓《まど》からジャンプした。と、同時《どうじ》に、自分《じぶん》の前《まえ》に立《た》っている母《はは》とドップラー博士《はかせ》を前《まえ》におした。三人《にん》の体《からだ》は窓《まど》からとびだし、ドップラー博士《はかせ》の馬車《ばしゃ》の中《なか》に落《お》ちた。

「走《はし》れ！　ディライラ！　フルスピードで走《はし》るんだ！」

ドップラー博士《はかせ》はさけんだ。

馬車《ばしゃ》が通《とお》りを走《はし》りだすと、ジムとサラは肩《かた》ごしに後《うし》ろをふりかえった。ベンボウ亭《てい》は炎《ほのお》にのみこまれている。ジムは横目《よこめ》で、ちらっと母《はは》の顔《かお》をうかがい、恐怖《きょうふ》の表《ひょう》情《じょう》が浮《う》かんでいるのを見《み》てとった。

長《なが》い年月《ねんげつ》をかけてきずいてきた宿屋《やどや》も財産《ざいさん》も、すべて煙《けむり》と灰《はい》になって消《き》えようとしているのだ。母《はは》がショックをうけるのも、むりはなかった。

ジムの胸《むね》は痛《いた》んだ。ビリー・ボーンズと出会《であ》わなければよかった、彼《かれ》をベンボウ亭《てい》に運《はこ》ばなければよかった……。

ジムは、上着《うわぎ》のポケットからビリー・ボーンズの包《つつ》みをとりだした。ぼろ布《ぬの》をひろげると、中《なか》から黄金《おうごん》の球《たま》があらわれた。球《たま》の表面《ひょうめん》には、奇妙《きみょう》なマークがきざまれている。このなぞめいた球《たま》は、いったい何《なん》だろう？

海賊一味《かいぞくいちみ》がこの黄金《おうごん》の球《たま》を追《お》っているのは、どうしてだろう？

3　ふしぎな黄金《おうごん》の球《たま》

その夜《よる》おそく、ドップラー邸《てい》に避難《ひなん》したジムとサラは、書斎《しょさい》の暖炉《だんろ》の前《まえ》におちついた。雨《あめ》があがり、三日月《みかづき》の明《あ》かりが窓《まど》からさしこんでいる。

ジムは書斎《しょさい》の中《なか》を見《み》まわした。書物《しょもつ》、星図《せいず》、古代《こだい》の天体観測器《てんたいかんそくき》……ドップラー博士《はかせ》のさまざまなコレクションが、ところせましとならんでいる。しかしサラは、暖炉《だんろ》の火《ひ》だけを見《み》つめていた。

「警察《けいさつ》に話《はな》しておいたよ。海賊《かいぞく》どもは、まったく痕跡《こんせき》を残《のこ》さず、消《き》えてしまったそうだ。」

ドップラー博士《はかせ》は報告《ほうこく》し、サラのかたわらにひざまずいた。

「サラ、なんといえばいいのか……ベンボウ亭《てい》が焼《や》けてしまって残念《ざんねん》だよ。」

サラは、悲《かな》しみにみちた目《め》で息子《むすこ》を見《み》つめた。住《す》む家《いえ》を失《うしな》い、宿屋《やどや》を再建《さいけん》するお金《かね》もなくなったのだ。

ドップラー博士《はかせ》は、サラにお茶《ちゃ》を用意《ようい》した。

ジムは母《はは》の肩《かた》に毛布《もうふ》をかけると、黄金《おうごん》の球《たま》を手《て》にとり、じっと見《み》つめた。海賊《かいぞく》たちがベンボウ亭《てい》を破壊《はかい》したのは、この球《たま》のせいなのか？　ジムは、表面《ひょうめん》のふしぎなマークに指《ゆび》を走《はし》らせた。

ドップラー博士《はかせ》は、考《かんが》え考《かんが》え、切《き》りだした。

「その奇妙《きみょう》な球《たま》が、わざわいを招《まね》くもとになったらしい。しかし、わからんな。そんなマークは見《み》たこともない。わたしの豊富《ほうふ》な知識《ちしき》と経験《けいけん》をもってしても、解決《かいけつ》の糸口《いとぐち》さえつかめん！」

突然《とつぜん》、黄金色《こがねいろ》にかがやく球《たま》の表面《ひょうめん》が光《ひかり》を放《はな》ちはじめた。ドップラー博士《はかせ》は自分《じぶん》の目《め》を疑《うたが》った。経験《けいけん》も知識《ちしき》もないジムが、わずか数分間《すうふんかん》で手《て》がかりをつかんでしまったのだ！

ジムとドップラー博士《はかせ》は身《み》をのりだして、黄金《おうごん》の球《たま》に目《め》をこらした。球《たま》の表面《ひょうめん》からとびだしたブルーの光《ひかり》は、星《ほし》と惑星《わくせい》の立体映像《りったいえいぞう》をつくりはじめたではないか！ 立体映像《りったいえいぞう》はしだいに大《おお》きくなり、やがて部屋全体《へやぜんたい》をおおって、二人《ふたり》の頭《あたま》のまわりを回転《かいてん》しはじめた。立体映像《りったいえいぞう》がくっきりと見《み》えるように、ドップラー博士《はかせ》は部屋《へや》の明《あ》かりを小《ちい》さくした。

「どうやら、星図《せいず》の一種《いっしゅ》らしいぞ！」

ドップラー博士《はかせ》は興奮《こうふん》ぎみにさけぶと、ある惑星《わくせい》をしげしげと見《み》つめた。

「待《ま》った！ 待《ま》った！ これはわれわれの星《ほし》……モントレッサ星《せい》だ。」

そういって、立体映像《りったいえいぞう》の中《なか》のモントレッサ星《せい》にふれた。

と、急《きゅう》に、星図《せいず》が生《い》き生《い》きとしはじめた！ 無数《むすう》の光線《こうせん》がモントレッサ星《せい》とその周辺《しゅうへん》の星図《せいず》を形《かたち》づくり、拡大映像《かくだいえいぞう》になった。

ドップラー博士《はかせ》は目《め》をかがやかせた。

「おう、あれはマゼラン星雲《せいうん》……それに、コーラル星雲《せいうん》……白鳥座《はくちょうざ》！」

突然《とつぜん》、映像《えいぞう》の中《なか》に、冷《つめ》たい感《かん》じの光《ひかり》を放《はな》つグリーンの球体《きゅうたい》があらわれた。ドップラー博士《はかせ》は息《いき》をのんだ。

「あれは……あれは何《なん》だ？　なぜ……？」

球体《きゅうたい》は、二つの環《わ》をもつグリーンの惑星《わくせい》を形《かたち》づくった。

「トレジャー・プラネットだ！」

ジムの顔《かお》がかがやいた。

トレジャー・プラネットは、ジムのあこがれの星《ほし》だ。おさないころからずっと、伝説《でんせつ》のトレジャー・プラネットに夢中《むちゅう》だった。目《め》の前《まえ》にあらわれているトレジャー・プラネットは、ジムが空想《くうそう》していた星《ほし》そのままの姿《すがた》を見《み》せている。

「おう、フリント船長《せんちょう》の宝物《たからもの》か？　海賊一味《かいぞくいちみ》が手《て》にした莫大《ばくだい》な戦利品《せんりひん》の山《やま》だな！　これが何《なに》を意味《いみ》するか、わかるかね？」

ドップラー博士《はかせ》は声《こえ》をうわずらせた。

ジムはにんまりした。

「金銀財宝《きんぎんざいほう》が、ぼくたちの手《て》のとどくところにあるってことさ。」

星図《せいず》は、ドップラー博士《はかせ》の顔《かお》の前《まえ》でぐるぐるまわっている。

「だれが宝《たから》の山《やま》を持《も》ち帰《かえ》るにしても、その人物《じんぶつ》は、あらゆる探検家《たんけんか》の頂点《ちょうてん》に立《た》つ。のちの世《よ》までも、英雄《えいゆう》としてあがめられるだろうな……。」

急《きゅう》に室内《しつない》が暗《くら》くなり、星図《せいず》はうずまきながら黄金《おうごん》の球《たま》の中《なか》に吸《す》いこまれていった。

ドップラー博士《はかせ》の笑《え》みが消《き》えた。

「いったい、どうなってるんだ？」

ジムは目《め》をまるくして球《たま》を見《み》つめた。

「母《かあ》さん、これだ！　この球《たま》が、ぼくたちの問題《もんだい》を解決《かいけつ》してくれるよ！」

「ジム、まさかそんな！　だめよ……。」

サラは口《くち》をひらきかけた。

すかさず、ジムはさえぎった。

「忘《わす》れたの、母《かあ》さん？　ぼくが小《ちい》さいころ、フリント船長《せんちょう》の冒険物語《ぼうけんものがたり》をよく話《はな》してくれただろ！」

「伝説《でんせつ》にすぎないわ！」

だが、ジムは首《くび》を横《よこ》にふった。トレジャー・プラネットは実在《じつざい》する星《ほし》だ。ジムはそう信《しん》じて疑《うたが》わなかった。いま自分《じぶん》が手《て》にしている黄金《おうごん》の球《たま》が、きっとそれを証明《しょうめい》してくれる！

「あの宝物《たからもの》があれば、ベンボウ亭《てい》を百回《かい》でも二百回《かい》でも建《た》てなおせるんだ！」

ジムはきっぱりといった。

「でも、あれは……。」

サラは口《くち》ごもり、ドップラー博士《はかせ》に応援《おうえん》を求《もと》めた。

「デルバート、息子《むすこ》に説明《せつめい》してちょうだい。海賊《かいぞく》の宝物《たからもの》なんて絵空事《えそらごと》にすぎないってことを。」

ドップラー博士《はかせ》はうなずいた。

「はてしない宇宙《うちゅう》を一人《ひとり》きりで旅《たび》するなんて、むりだ。途方《とほう》もない話《はなし》だよ……。」

「やっと分別《ふんべつ》のあることばがきけたわ。」

サラは、ほっとした口《くち》ぶりでいった。

しかし、ドップラー博士《はかせ》の話《はなし》はまだ終《お》わっていなかった。

「……だから、わたしもいっしょに行《い》く。」

いうが早《はや》いか、トランクをつかむと、部屋《へや》の中《なか》をかけまわり、本《ほん》や衣類《いるい》をつめこみはじめた。

「デルバート！」

サラは非難《ひなん》がましくさけんだ。

「探検費用《たんけんひよう》には貯金《ちょきん》を用立《ようだ》てるつもりだ。まず船《ふね》を注文《ちゅうもん》し、船長《せんちょう》と乗組員《のりくみいん》を雇《やと》う！」

ドップラー博士《はかせ》は説明《せつめい》した。

サラは呆然《ぼうぜん》として博士《はかせ》を見《み》つめた。

「本気《ほんき》じゃないでしょ。」

「いや、ずっと宇宙旅行《うちゅうりょこう》の機会《きかい》を待《ま》ってたんだよ。いまこそ、そのときだ！　わたしの魂《たましい》がさけんでいる。行《い》け、デルバート！　行《い》け、デルバート……！」

「成功《せいこう》するはずないわ。」

サラはぴしゃりといった。

突然《とつぜん》、ジムが口《くち》をはさんだ。

「ぼくは落《お》ちこぼれだ。母《かあ》さんをがっかりさせてばかりだった。こんどの宝探《たからさが》しの旅《たび》は、これまでの親不孝《おやふこう》を埋《う》め合《あ》わせるチャンスなんだ。」

サラの表情《ひょうじょう》がやわらいだ。

ドップラー博士《はかせ》は、サラに温《あたた》かいまなざしをそそいだ。

「きみは話《はな》してくれたね、サラ。自分《じぶん》なりに精《せい》いっぱい努力《どりょく》してきたと、やれることはすべてやったと。いまのままでは、事態《じたい》は変《か》わらんよ。数《すう》か月《げつ》ほど宇宙《うちゅう》を旅《たび》して精神修養《せいしんしゅうよう》するほうが、ジムのためにもなると思《おも》うがね。」

「ジムのために役《やく》だつかしら？　それに、デルバート、宇宙旅行《うちゅうりょこう》がしたいって、本気《ほんき》なの？」

サラは少《すこ》し考《かんが》えてから切《き》りだした。

「もちろん、本気《ほんき》さ。本気《ほんき》で、ジムといっしょに行《い》きたいんだ。ジムにとって、それがいちばんいい方法《ほうほう》だからね。」

サラは説得《せっとく》をあきらめて、息子《むすこ》のほうへむきなおった。

「ジム、あなたを失《うしな》いたくないの。」

おだやかにいい、息子《むすこ》の目《め》にかかった髪《かみ》をやさしくはらった。

ジムは母《はは》の目《め》をまっすぐ見《み》つめた。

「母《かあ》さん、心配《しんぱい》しないで。ぼくは、きっともどってくる。母《かあ》さんが自慢《じまん》できるような息子《むすこ》になってね。」

4　宝探《たからさが》しの旅《たび》

それから数日後《すうじつご》、ジムとドップラー博士《はかせ》はスペース・フェリーに乗船《じょうせん》し、クレセンティアの宇宙港《うちゅうこう》にむかった。二人《ふたり》の旅《たび》は、この基地《きち》からはじまる。

遠《とお》くからながめるクレセンティアは、銀色《ぎんいろ》に光《ひか》る三日月《みかづき》のようだ。しかし、港《みなと》に近《ちか》づくにつれて、網《あみ》の目《め》のように連《つら》なる埠頭《ふとう》に、さまざまな宇宙船《うちゅうせん》が停泊《ていはく》しているのがわかった。

スペース・フェリーが巨大《きょだい》な宇宙港《うちゅうこう》に到着《とうちゃく》すると、ジムはわくわくしながらタラップをおりていった。生《う》まれて初《はじ》めて経験《けいけん》する世界《せかい》だ。何《なに》もかもが目新《めあたら》しく、新鮮《しんせん》に感《かん》じられた。

埠頭《ふとう》を行《ゆ》き来《き》する宇宙人《うちゅうじん》たちの色《いろ》も、形《かたち》も、ことばもさまざまだった。空気《くうき》のにおいでさえ、故郷《こきょう》のモントレッサ星《せい》とはちがっている。うれしさのあまり、ジムは声《こえ》をはりあげたくなった。

「ジム！　待《ま》ってくれ！」

ドップラー博士《はかせ》の声《こえ》に、ジムは後《うし》ろをふりかえった。プラスティック製《せい》の旧式《きゅうしき》な宇宙服《うちゅうふく》を着《き》こんだ博士《はかせ》が、どっさりの荷物《にもつ》をかかえこみ、おぼつかない足《あし》どりでタラップをおりてくる。

ジムはにやにやしながら、博士《はかせ》が追《お》いつくのを待《ま》った。

「この機会《きかい》に、親交《しんこう》を深《ふか》めよう。きみは、こういうことわざを知《し》ってるかね。『親《した》しき仲《なか》にも礼儀《れいぎ》あり』だが、われわれは……。」

「もういいよ。早《はや》く船《ふね》を見《み》つけよう。」

ジムはすばやくさえぎると、埠頭《ふとう》で作業中《さぎょうちゅう》の二人《ふたり》の宇宙人《うちゅうじん》に近《ちか》づいていって、船《ふね》の停泊位置《ていはくいち》をたずねた。

「右《みぎ》から二番《ばん》めの埠頭《ふとう》だ。」

宇宙人《うちゅうじん》の一人《ひとり》が答《こた》えた。どら声《ごえ》だが、態度《たいど》は悪《わる》くなかった。

ジムとドップラー博士《はかせ》は、めざす埠頭《ふとう》にむかって歩《ある》きだした。やがて、ソーラー式《しき》の巨大《きょだい》なガレオン宇宙船《うちゅうせん》が視界《しかい》に入《はい》ってきた。太陽《たいよう》エネルギーを利用《りよう》してすすむ大型帆船《おおがたはんせん》、レガシー号《ごう》だ。博士《はかせ》が金《かね》をはらって借《か》りたガレオン宇宙船《うちゅうせん》は、日《ひ》ざしをうけてきらめいている。

二人《ふたり》は足早《あしばや》にタラップをのぼり、ガレオン船《せん》に乗《の》りこんだ。甲板《かんぱん》では、腕《うで》っぷしの強《つよ》そうな荒《あら》くれ男《おとこ》たちが、きびきびと出航準備《しゅっこうじゅんび》にかかっていた。

甲板《かんぱん》の中央《ちゅうおう》では、制服姿《せいふくすがた》の男《おとこ》が乗組員《のりくみいん》に指示《しじ》している。岩《いわ》のようにごつごつした体《からだ》つきの、がんじょうそうな大男《おおおとこ》だ。

「樽《たる》を船首《せんしゅ》に積《つ》みこめ！　ぐずぐずするな！」

「おはようございます、船長《せんちょう》！　いよいよ、出発《しゅっぱつ》の準備《じゅんび》ができましたかな？」

ドップラー博士《はかせ》は、制服姿《せいふくすがた》の大男《おおおとこ》に声《こえ》をかけた。

「出航準備《しゅっこうじゅんび》、完了《かんりょう》です！　しかし、わたしは船長《せんちょう》ではありません。船長《せんちょう》は、あのマストの上《うえ》です。」

がっしりした岩《いわ》のような大男《おおおとこ》はマストを指《ゆび》さした。

ドップラー博士《はかせ》とジムは、高《たか》いマストを見《み》あげた。帆《ほ》げたの上《うえ》にいるのは、制服《せいふく》をまとったしなやかな体《からだ》つきの女性船長《じょせいせんちょう》だった。船長《せんちょう》はロープをつたって、猫《ねこ》のようにかろやかにおりてきた。ぴんととがった大《おお》きな耳《みみ》とするどいまなざしが、見《み》るからに聡明《そうめい》そうな雰囲気《ふんいき》をただよわせている。

女性船長《じょせいせんちょう》は甲板《かんぱん》におりると、大男《おおおとこ》に話《はな》しかけた。

「ミスター・アロー、船首《せんしゅ》から船尾《せんび》までくまなく検査《けんさ》したわ。おみごとね。いつものように、ぬかりはないわ。」

「おそれいります、船長《せんちょう》。」

アローは照《て》れくさそうに答《こた》えた。

船長《せんちょう》は、博士《はかせ》とジムのほうへ視線《しせん》をうつすと、

「ドップラー博士《はかせ》ですね。」

「あっ、は、はい……。」

ドップラー博士《はかせ》はつっかえた。この堂々《どうどう》としたガレオン宇宙船《うちゅうせん》の船長《せんちょう》が女性《じょせい》だとは、夢《ゆめ》にも思《おも》わなかった。

船長《せんちょう》はほほえみながら、ドップラー博士《はかせ》と握手《あくしゅ》した。

「船長《せんちょう》のアメリアです。最近《さいきん》、プロキオン星《せい》の無敵艦隊《むてきかんたい》と何度《なんど》か小《こ》ぜり合《あ》いをくりかえしました。危険《きけん》なビジネスですが、やりがいがあります。彼《かれ》は、一等航海士《とうこうかいし》のアローです。」

アメリア船長《せんちょう》は横《よこ》に立《た》っている大男《おおおとこ》を手《て》で示《しめ》すと、

「誠実《せいじつ》かつ勇敢《ゆうかん》で、信頼《しんらい》できる、すばらしい部下《ぶか》です。」

「いや……そんな。船長《せんちょう》、ほめすぎです。」

アロー一等航海士《とうこうかいし》はけんそんした。

「そうじゃないの。ちょっといってみただけ。本気《ほんき》じゃないわ。」

アメリア船長《せんちょう》は、そっけなくいった。

ジムは船内《せんない》を見《み》まわした。みがきのかかった板張《いたば》りの甲板《かんぱん》は、船首《せんしゅ》から船尾《せんび》までの長《なが》さが数《すう》十メートルはありそうだ。高《たか》いマストのてっぺんでは、色《いろ》あざやかな旗《はた》が風《かぜ》に吹《ふ》かれてはためいている。

ジムは満足《まんぞく》そうにため息《いき》をついた。こういうりっぱな宇宙船《うちゅうせん》で航海《こうかい》するのが、おさないころからの夢《ゆめ》だった。その夢《ゆめ》が、いま、まさに実現《じつげん》しようとしているのだ。

ドップラー博士《はかせ》が切《き》りだした。

「連《つ》れのジム・ホーキンスを紹介《しょうかい》します。この少年《しょうねん》が宝物《たからもの》の……。」

とっさに、アメリア船長《せんちょう》は手《て》をあげて博士《はかせ》の口《くち》をふさいだ。

「ドクター、おやめください！」

船長《せんちょう》は肩《かた》ごしに後《うし》ろをふりかえると、近《ちか》くに人《ひと》がいないことをたしかめた。それから、声《こえ》をひそめていった。

「わたしの部屋《へや》でお話《はな》しします。」

アメリア船長《せんちょう》は、ドップラー博士《はかせ》、ジム、アロー一等航海士《とうこうかいし》を船室《せんしつ》に入《い》れると、ドアをぴたりとしめた。そして、きびしい表情《ひょうじょう》で博士《はかせ》を見《み》た。

「ドクター、いいですか。乗組員《のりくみいん》の前《まえ》で、宝《たから》のありかを示《しめ》す地図《ちず》について話《はな》すのは、おろかなことです。くれぐれも注意《ちゅうい》してください。」

アメリア船長《せんちょう》はきびきびといった。

「おろかだって？」

ドップラー博士《はかせ》は、むっとしてききかえした。

アメリア船長《せんちょう》は、博士《はかせ》のことばを無視《むし》して話《はなし》をつづけた。

「地図《ちず》を見《み》せてくださる？」

ジムはドップラー博士《はかせ》を横目《よこめ》で見《み》たあと、しぶしぶポケットから黄金《おうごん》の球《たま》をとりだし、船長《せんちょう》のほうへ投《な》げた。

「はい、これ。」

アメリア船長《せんちょう》は銃保管庫《じゅうほかんこ》の鍵《かぎ》をあけ、黄金《おうごん》の球《たま》を中《なか》にしまった。

「すてきな地図《ちず》ね。」

皮肉《ひにく》っぽくつぶやいてから、ジムに話《はな》しかけた。

「ホーキンスさん、わたしに呼《よ》びかけるときは、『船長《せんちょう》』を忘《わす》れないように。いいわね？」

ジムはふきげんそうに顔《かお》をしかめた。だが、アメリア船長《せんちょう》は猫《ねこ》のようにするどい視線《しせん》をジムにそそいだまま、返事《へんじ》を待《ま》っている。

ついに、ジムは折《お》れた。

「はい、船長《せんちょう》。」

アメリア船長《せんちょう》はほほえむと、銃保管庫《じゅうほかんこ》に鍵《かぎ》をかけた。

「地図《ちず》は安全《あんぜん》に保管《ほかん》しておきましょう。それに、ドクター、大声《おおごえ》をあげることはつつしんでください。」

「船長《せんちょう》、約束《やくそく》します、きっと……。」

ドップラー博士《はかせ》はいいかけた。

「ひとことでけっこう！」

アメリア船長《せんちょう》は、ぴしゃりとさえぎった。

「ドクターが雇《やと》った乗組員《のりくみいん》には期待《きたい》していません。彼《かれ》らは……。」

船長《せんちょう》はことばを切《き》り、一等航海士《とうこうかいし》のほうへ顔《かお》をむけた。

「どんなふうにいったかしら、アロー？　彼《かれ》らにぴったりの言《い》いまわしだったはずだけど。」

「『よだれをたらした、まぬけぞろい』です。」

「そうだったわね……なんて詩的《してき》な表現《ひょうげん》かしら！」

アメリア船長《せんちょう》のグリーンの瞳《ひとみ》がきらめいた。

ドップラー博士《はかせ》の顔《かお》が真《ま》っ赤《か》になった。

「失礼《しつれい》な！　なんという……。」

「ドクター、おしゃべりはあとにして。まず船《ふね》を出港《しゅっこう》させます。」

船長《せんちょう》は、ドップラー博士《はかせ》の時代《じだい》おくれの宇宙服《うちゅうふく》をじろじろながめ、眉《まゆ》をあげた。

「もっと動《うご》きやすい楽《らく》な服《ふく》に着《き》がえるべきね、ドクター。アロー、二人《ふたり》の新人《しんじん》を下《した》の調理室《ちょうりしつ》に案内《あんない》して。若《わか》いホーキンスは、コックのシルバーの助手《じょしゅ》として働《はたら》いてもらいます。」

船長《せんちょう》はそれだけいって、船室《せんしつ》をあとにした。

「待《ま》って！　コックだって？」

ジムはさけんだ。

だが、アメリア船長《せんちょう》の姿《すがた》はすでになかった。

5　陽気《ようき》なサイボーグ

ドップラー博士《はかせ》とジムは、アロー一等航海士《とうこうかいし》に案内《あんない》されて、調理室《ちょうりしつ》に通《つう》じるせまい通路《つうろ》をすすみはじめた。いまだに、二人《ふたり》の腹《はら》の虫《むし》はおさまらなかった。

「あの女《おんな》は……ずるがしこい猫《ねこ》だ！　だれに雇《やと》われてると思《おも》ってるんだ？」

ドップラー博士《はかせ》は、かっかしながらいった。

ジムは腹《はら》だたしげに首《くび》をふった。

「あれは、ぼくの地図《ちず》なんだ！　それに、コックの手伝《てつだ》いまでさせられて……。」

「船長《せんちょう》の悪口《わるくち》をいうのはおやめください！　宇宙広《うちゅうひろ》しといえど、あのかたほどりっぱな船長《せんちょう》は、二人《ふたり》といません！」

一等航海士《とうこうかいし》のアローが、むっとした口《くち》ぶりでいった。

やがて三人《にん》は、ちらかった調理室《ちょうりしつ》に入《はい》っていった。とたんに、だれかの口笛《くちぶえ》がきこえてきた。ポットから、もうもうと湯気《ゆげ》があがっている。ジムは湯気《ゆげ》をすかして、調理用《ちょうりよう》レンジの前《まえ》に立《た》っている人物《じんぶつ》をたしかめようとした。

「シルバー？」

アローが呼《よ》びかけた。

口笛《くちぶえ》が消《き》え、長身《ちょうしん》の男《おとこ》が三人《にん》のほうをふりかえった。肩幅《かたはば》の広《ひろ》い、がっしりした体格《たいかく》の男《おとこ》だ。

「おう、ミスター・アロー！」

コックのジョン・シルバーは、おどろいたふりをしてみせた。そして、三人《にん》のほうへ近《ちか》づいてきた。

コックが湯気《ゆげ》の中《なか》からでたとたん、ジムは息《いき》をのんだ。コックの体《からだ》の右半分《みぎはんぶん》は、機械《きかい》で動《うご》いているではないか！　ギアや歯止《はど》め装置《そうち》やはずみ車《ぐるま》が、右腕《みぎうで》、右足《みぎあし》、右目《みぎめ》のかわりをしている。

「サイボーグ！」

ビリー・ボーンズの警告《けいこく》を思《おも》いだし、ジムは小《ちい》さくつぶやいた。

「紹介《しょうかい》しよう。航海《こうかい》のスポンサーであるドップラー博士《はかせ》だ。」

アローは、コックのシルバーにいった。

シルバーは、レーザーを埋《う》めこんだ右目《みぎめ》を博士《はかせ》の宇宙服《うちゅうふく》に走《はし》らせ、口笛《くちぶえ》を吹《ふ》いた。

「その宇宙服《うちゅうふく》、かっこいいね、ドクター！」

「ありがとう。あんたの……目《め》もかわいいよ。」

博士《はかせ》はもごもごいったあと、ジムを手《て》ぶりで示《しめ》した。

「この少年《しょうねん》はジム・ホーキンスだ。」

「よろしくな、ジンボー。」

シルバーはジムにニックネームをつけると、調理用《ちょうりよう》のフォークやスプーンがつきでた右手《みぎて》をさしだした。ジムは、その手《て》をこわごわと見《み》つめた。と、たちまち、シルバーの右手《みぎて》は、かぎ爪《づめ》を思《おも》わせる金属製《きんぞくせい》の手《て》に変形《へんけい》した。

ジムの腕《うで》は体《からだ》のわきにたらされたままだ。

「金属製品《きんぞくせいひん》をそう毛《け》ぎらいするな！」

シルバーは冗談《じょうだん》めかしていうと、またたくうちに右手《みぎて》を大《おお》きな包丁《ほうちょう》に変《か》えた。調理台《ちょうりだい》にむきなおると、その包丁《ほうちょう》をたくみに使《つか》い、大量《たいりょう》の野菜《やさい》を手《て》ぎわよくさいの目《め》に切《き》った。

「わあっ！」

シルバーは、あやまって左手《ひだりて》を切《き》り落《お》としたふりをした。その直後《ちょくご》、そでからさっと左手《ひだりて》をだすと、ジムにウインクしてみせた。

「ギアになれるまで時間《じかん》はかかるが、ときには大《おお》いに役《やく》にたつ。」

しゃべりながら卵《なまご》を割《わ》ってフライパンに入《い》れ、金属製《きんぞくせい》の右手《みぎて》を使《つか》ってレンジの火《ひ》をつける。次《つぎ》には、右手《みぎて》からお玉《たま》がとびだした。シルバーは、そのお玉《たま》で大鍋《おおなべ》からシチューを二つのボウルにつぐと、それぞれにスプーンをつっこんでジムとドップラー博士《はかせ》に手《て》わたした。

「おれの自慢《じまん》の特製《とくせい》シチューだ！」

犬《いぬ》のような風貌《ふうぼう》のドップラー博士《はかせ》は、よくきく大《おお》きな鼻《はな》でシチューのにおいをかぐと、スプーンですくい、おそるおそる口《くち》をつけた。博士《はかせ》の顔《かお》から笑《え》みがこぼれた。

「うまい！　においは強《つよ》いが、こくがある。」

シルバーはジムのほうを見《み》てにんまりした。

「ほら、ジンボー、がぶっと飲《の》みな。」

ジムはシチューを見《み》おろし、スプーンをつかんだ。と、ふいに、スプーンがあんぐりと口《くち》をあけ、シチューを飲《の》んだ！　ジムはぎょっとして、ボウルの中《なか》にスプーンをとり落《お》とした。スプーンは、たちまちゼリー状《じょう》のピンクのかたまりに変《か》わった。

「モーフ、このいたずら者《もの》が！　そこにかくれてたのか！」

シルバーは、まるっこいピンクのかたまりをにらんだ。

モーフと呼《よ》ばれたゼリー状《じょう》のピンクの生物《せいぶつ》には、大《おお》きな目玉《めだま》と鼻《はな》と口《くち》がある。モーフはジムの顔《かお》を見《み》あげて笑《わら》うと、次《つぎ》の瞬間《しゅんかん》、ストローに変形《へんけい》し、ジムのシチューをすっかり飲《の》みほした。

「これ、何《なに》？」

ジムは目《め》をまるくしてたずねた。

モーフはジムの指《ゆび》にとまったかと思《おも》うと、突然《とつぜん》、ジムのミニチュア姿《すがた》に変身《へんしん》した。

呆然《ぼうぜん》としているジムに、シルバーが笑《わら》いながら説明《せつめい》する。

「こいつは、ペットのモーフだ。変幻自在《へんげんじざい》、どんな形《かたち》も思《おも》いのままの液体生物《えきたいせいぶつ》さ。」

そのとき、レガシー号《ごう》の汽笛《きてき》が鳴《な》った。

「いよいよ出航《しゅっこう》です。博士《はかせ》、ごらんになりますか？」

アロー一等航海士《とうこうかいし》がたずねた。

ドップラー博士《はかせ》は顔《かお》をかがやかせ、アローとともに甲板《かんぱん》にもどりはじめた。ジムも二人《ふたり》を追《お》おうとしたが、すぐさまアローがおしとどめて、コックに呼《よ》びかけた。

「シルバー、航海中《こうかいちゅう》は、きみがミスター・ホーキンスの世話係《せわがかり》だ。」

シルバーは、あっけにとられた。

「失礼《しつれい》ながら、ミスター・アロー……。」

すかさず、アローはシルバーをさえぎった。

「船長《せんちょう》の命令《めいれい》だ。新入《しんい》りの給仕係《きゅうじがかり》をしこんでくれ。」

アローとドップラー博士《はかせ》は、せまい通路《つうろ》をひきかえしていった。

調理室《ちょうりしつ》に残《のこ》されたジムとシルバーは、顔《かお》を見合《みあ》わせた。

「船長《せんちょう》が相手《あいて》じゃ、勝《か》ち目《め》はない。」

シルバーはあきらめて肩《かた》をすくめると、調理《ちょうり》を再開《さいかい》した。

シルバーは、陽気《ようき》で親《した》しみやすい料理自慢《りょうりじまん》のサイボーグらしい。とうてい悪党《あくとう》とは思《おも》えない。それでも、ジムは警戒《けいかい》をゆるめず、シルバーがビリー・ボーンズと黄金《おうごん》の球《たま》について知《し》っているかどうか、たしかめてみることにした。

ジムは近《ちか》くの樽《たる》に手《て》をつっこむと、紫色《むらさきいろ》のまるいフルーツをつかみ、何気《なにげ》ない調子《ちょうし》で話《はな》しかけた。

「このフルーツ、モントレッサ星《せい》でとれるパープと似《に》ているよ。ぼくの故郷《こきょう》なんだ。行《い》ったことある？」

「さあね、知《し》らんな、ジンボー。」

シルバーは答《こた》えた。

「そういえば、故郷《こきょう》を発《た》つ前《まえ》、老人《ろうじん》と出会《であ》った。仲間《なかま》のサイボーグをさがしてるって話《はな》してたっけな。」

シルバーは湯気《ゆげ》を立《た》てているスープ鍋《なべ》をのぞきながら、

「へえ、そうかい？」

サイボーグの声《こえ》がうわずったようにきこえたのは、気《き》のせいだろうか？　ジムには確信《かくしん》がもてない。さらに、探《さぐ》りを入《い》れてみることにした。

「えーと、あの男《おとこ》の名前《なまえ》は……？」

ジムは記憶《きおく》をたどるふりをした。

「そうだ、ボーンズ。ビリー・ボーンズだ。」

ジムは、シルバーの反応《はんのう》を注意《ちゅうい》ぶかく観察《かんさつ》した。だが、シルバーの態度《たいど》に変化《へんか》はなかった。たじろぐようすも見《み》せなかった。

ふたたび、甲板《かんぱん》で汽笛《きてき》が鳴《な》った。

「もやい綱《づな》をとけ！」

アローの声《こえ》がきこえてくる。

ジムは、しょんぼりとうなだれた。生《う》まれて初《はじ》めての大冒険《だいぼうけん》になるはずだった。なのに、暗《くら》い調理室《ちょうりしつ》に足止《あしど》めされたままだ。

シルバーはジムにほほえみかけた。

「ここはいいから、船出《ふなで》のようすを見《み》てこい。ただし、そのあとでたっぷり働《はたら》いてもらうからな。」

ジムはためらった。いぜんとして、シルバーに対《たい》する疑《うたが》いは消《き》えていない。しかし、船出《ふなで》の瞬間《しゅんかん》を見《み》たいという気持《きも》ちにはさからえなかった。調理室《ちょうりしつ》からとびだすと、甲板《かんぱん》めざしてかけだした。

ジムがいなくなったとたん、シルバーの笑《え》みが消《き》えた。

「あいつに目《め》を光《ひか》らせる必要《ひつよう》がありそうだな、モーフ？　じゃまが入《はい》ると、やっかいなことになる。」

6　いざ、冒険《ぼうけん》の旅《たび》へ

乗組員《のりくみいん》たちが太《ふと》い綱《つな》をひっぱると、まるで扇《おうぎ》をひろげるように、巨大《きょだい》な半円形《はんえんけい》の帆《ほ》が次々《つぎつぎ》とマストにそってひろがった。明《あか》るい日《ひ》ざしをあびて、帆《ほ》の表面《ひょうめん》がちらちら光《ひか》りはじめた。太陽熱《たいようねつ》を動力源《どうりょくげん》としてたくわえているのだ。

レガシー号《ごう》は、ゆっくりと上昇《じょうしょう》しながら埠頭《ふとう》からはなれはじめた。いよいよ、冒《ぼう》険《けん》の旅《たび》のはじまりだ。

ジムの心《こころ》は舞《ま》いあがった。体《からだ》が空気《くうき》よりも軽《かる》くなり、宙《ちゅう》をただよっているように感《かん》じられた。ふと下《した》を見《み》ると、実際《じっさい》に体《からだ》が浮《う》いているではないか！　乗組員全員《のりくみいんぜんいん》が宙《ちゅう》に浮《う》いている。レガシー号《ごう》が宇宙船基地《うちゅうせんきち》をはなれるとともに、重力《じゅうりょく》もなくなっていたのだ。

「ミスター・スナッフ、人工重力《じんこうじゅうりょく》の準備《じゅんび》を！」

アメリア船長《せんちょう》は、横《よこ》にいる部下《ぶか》に命《めい》じた。スナッフがスイッチを入《い》れると同時《どうじ》に、乗組員《のりくみいん》たちの体《からだ》は甲板《かんぱん》に着地《ちゃくち》した。ドップラー博士《はかせ》は船長《せんちょう》の足《あし》もとにころげ落《お》ちた。

船長《せんちょう》は何本《なんぼん》もの腕《うで》を持《も》つ舵手《だしゅ》に方向《ほうこう》を指示《しじ》し、一等航海士《とうこうかいし》のアローに全速前進《ぜんそくぜんしん》を命《めい》じた。それから、ドップラー博士《はかせ》のほうへ顔《かお》をむける。

「しっかりつかまって、ドクター。」

しかし、ドップラー博士《はかせ》が体《からだ》をささえる準備《じゅんび》をする前《まえ》に、レガシー号《ごう》はガタンとゆれて、すさまじいスピードで前進《ぜんしん》しはじめた。はずみで、博士《はかせ》は大《おお》きくよろめき、そのまま甲板《かんぱん》の手《て》すりまで飛《と》ばされた。

一方《いっぽう》、ジムは、はしご状《じょう》につないだロープにぶらさがり、宇宙《うちゅう》の雄大《ゆうだい》な景色《けしき》を目《ま》のあたりにしていた。レガシー号《ごう》のすぐ近《ちか》くを、宇宙《うちゅう》クジラの大群《たいぐん》が大《おお》きなひれをぱたぱたさせながら飛《と》んでいく。クジラのずんぐりした大《おお》きな体《からだ》は、ピンクとブルーのまだらもようになっている。

ドップラー博士《はかせ》は宇宙《うちゅう》クジラを撮影《さつえい》しようと、手《て》すりの近《ちか》くでカメラをかまえ、大《おお》きな声《こえ》で呼《よ》びかけた。

「にっこり笑《わら》って！」

「ドクター、気《き》をつけて……。」

アメリア船長《せんちょう》が切《き》りだしたとたん、宇宙《うちゅう》クジラがねばねばした液体《えきたい》を噴気孔《ふんきこう》からふきだして、博士《はかせ》の体《からだ》にあびせた。船長《せんちょう》はくすくす笑《わら》った。

「航海《こうかい》には、うってつけの日和《ひより》ですな、船長《せんちょう》。」

突然《とつぜん》、だれかの声《こえ》がひびいた。

全員《ぜんいん》がいっせいに声《こえ》の方向《ほうこう》をふりかえった。声《こえ》の主《ぬし》はコックのシルバーだった。正甲板《せいかんぱん》から歩《ある》いてくる。シルバーは船長《せんちょう》にほほえみかけた。

「ほれぼれするくらいお美《うつく》しい。ペンキぬりたてのマストに、まっさらな帆《ほ》を装備《そうび》したようだ。」

「おせじはけっこう。寄港《きこう》したとき、酒場《さかば》の女《おんな》にでも贈《おく》ることね、シルバー！」

アメリア船長《せんちょう》はぴしゃりといった。

「酒場《さかば》の女《おんな》！　酒場《さかば》の女《おんな》！」

シルバーの肩《かた》に乗《の》ったモーフが、船長《せんちょう》の声《こえ》をまねた。

シルバーは、あわててピンクのかたまりを帽子《ぼうし》でおおった。

「船長《せんちょう》、それはあんまりだ。感《かん》じたままを正直《しょうじき》に口《くち》にしているだけなのに。わたしの心《こころ》は傷《きず》つきました。」

モーフは帽子《ぼうし》の下《した》から顔《かお》をのぞかせ、シルバーのことばをまねた。

「感《かん》じたままを正直《しょうじき》に。」

「ところで、あのロープにのぼっているのは、あなたが監督《かんとく》するはずの給仕係《きゅうじがかり》じゃないの？」

船長《せんちょう》は、けわしい表情《ひょうじょう》でジムを指《ゆび》さした。

「ジンボー、おまえに会《あ》わせたい友《とも》だちが二人《ふたり》いる。ミスター・モップとミセス・バケツにあいさつしろ！」

シルバーは大声《おおごえ》で呼《よ》ぶと、ロープからおりてきたジムの手《て》に、そうじ用《よう》のモップとバケツを持《も》たせた。

「ちぇっ。」

ジムは不満《ふまん》そうに舌打《したう》ちした。

7　小《こ》ぜり合《あ》い

それからまもなく、ジムは船尾甲板《せんびかんぱん》の床《ゆか》をモップでみがくはめになった。わくわくするはずの冒険《ぼうけん》の旅《たび》は、うんざりする旅《たび》に変《か》わってしまった。ジムは腹立《はらだ》ちまぎれに床《ゆか》を荒《あら》っぽくこすりながら、ぶつぶついった。

そこへ、四本《ほん》の腕《うで》をもつ、ハンズという名《な》のずんぐりした宇宙人《うちゅうじん》が歩《ある》いてきた。ロープをひとまとめにしてかかえたハンズは、ジムを乱暴《らんぼう》におしのけた。

「じゃまだ、若僧《わかぞう》。」

ハンズが立《た》ち去《さ》ったあと、ふとジムは、三人《にん》の乗組員《のりくみいん》が近《ちか》くで何《なに》やらひそひそ話《ばなし》をしていることに気《き》がついた。ジムは身《み》をのりだして話《はなし》をきこうとした。しかし、三人《にん》はジムに気《き》づくと、ぴたっと口《くち》をつぐんだ。

三人《にん》のうちの一人《ひとり》が、ジムにつめよった。肩幅《かたはば》の広《ひろ》い、がっしりした宇宙人《うちゅうじん》だ。

「おい、小僧《こぞう》。何見《なにみ》てやがったんだ？」

と、ふいに、頭上《ずじょう》からシューという音《おと》がきこえてきた。ジムは顔《かお》をあげて上《うえ》を見《み》た。ぶきみな音《おと》をたてたのは、巨大《きょだい》なクモを思《おも》わせる宇宙人《うちゅうじん》だった。乗組員《のりくみいん》のあいだでは、スクループと呼《よ》ばれている。スクループは、ロープづたいにジムのほうへおりてきた。

「見習《みなら》いの給仕係《きゅうじがかり》らしく、自分《じぶん》の仕事《しごと》だけやってろ。」

スクループは警告《けいこく》した。クモのような黄色《きいろ》い目《め》が邪悪《じゃあく》な光《ひかり》をはなっている。

「どうして？　何《なに》か、かくしてるの？」

ジムはすばやくいいかえした。

いきなり、スクループはジムの胸《むな》ぐらをつかむと、自分《じぶん》のほうへぐいとひきよせた。くさい息《いき》と、鼻《はな》の下《した》からつきでた二本《ほん》のきばが、ジムにせまってくる。

「警告《けいこく》がきこえないのか？　どうやら、耳《みみ》が悪《わる》いらしいな！」

ジムはゴホゴホとせきこみ、鼻《はな》にしわをよせた。

「でも、鼻《はな》はききすぎるみたい。」

「くそっ、生意気《なまいき》な小僧《こぞう》め……。」

スクループはジムをマストにたたきつけた。

ジムは身《み》をふりほどこうともがいたが、スクループの力《ちから》をはねかえすことはできなかった。ほかの乗組員《のりくみいん》たちが集《あつ》まってきて、スクループをけしかける。

「細切《こまぎ》れにしちまいな！」

バードブレイン・メアリーという女《おんな》の宇宙人《うちゅうじん》が、細《ほそ》い足《あし》でとんだりはねたりしながらはやしたてた。

「何《なに》かいい残《のこ》すことがあるか、小僧《こぞう》？」

スクループは、するどいかぎ爪《づめ》をジムののどもとに近《ちか》づけた。

突然《とつぜん》、金属《きんぞく》の手《て》がスクループのかぎ爪《づめ》をつかんだ。ジムは顔《かお》をあげた。シルバーだった。左手《ひだりて》で紫色《むらさきいろ》のパープを、右手《みぎて》でスクループのかぎ爪《づめ》をつかんでいる。

「ミスター・スクループ、パープを力《ちから》いっぱいおしつぶしたらどうなるか、わかるかな？」

そういいながら、スクループのかぎ爪《づめ》をつかむ手《て》に力《ちから》をこめた。スクループは痛《いた》みに顔《かお》をしかめ、ジムをはなした。

「いったい、何《なに》ごとなんだ？」

するどい声《こえ》が割《わ》りこんできた。一等航海士《とうこうかいし》のアローだった。アローは乗組員《のりくみいん》たちをにらみつけた。

「規則《きそく》を知《し》っているはずだろ。船内《せんない》では争《あらそ》いは禁止《きんし》だ！　この次《つぎ》、違反《いはん》した者《もの》は、航海中《こうかいちゅう》ずっと拘禁室《こうきんしつ》ですごすことになる。わかったかい、ミスター・スクループ？」

「ああ、わかったよ。」

スクループは吐《は》きすてるようにいい、ロープをつたってマストの上《うえ》のほうへ退散《たいさん》していった。

シルバーはジムに話《はな》しかけた。

「ジンボー！　仕事《しごと》をいいつけたはずだが、どうやら……。」

ジムの胸《むね》に怒《いか》りがこみあげてきた。

「ちゃんと働《はたら》いてたよ。けど、あのクモ野郎《やろう》が……。」

「もうよせ！」

シルバーはどなった。モップをつかむと、それをジムの手《て》に荒《あら》っぽくおしつける。

「この甲板《かんぱん》をぴっかぴかにみがけ。おれがもどってくるまでに、すませとくんだぞ。」

そこでモーフのほうへむくと、

「よーく見張《みは》ってな。また、この坊《ぼう》やがほかへ気《き》をとられたら、おれに知《し》らせろ。」

モーフはこくんとうなずき、ジムのそばへ飛《と》んできた。姿《すがた》を変《か》えるだけでなく、宙《ちゅう》をただよい、自由《じゆう》にすきな場所《ばしょ》へ移動《いどう》することができるのだ。たちまちモーフは、二つの大《おお》きな目《め》に変身《へんしん》すると、ジムを監視《かんし》しはじめる。ジムはしぶしぶモップをつかんだ。

それから数分後《すうふんご》、レガシー号《ごう》の調理室《ちょうりしつ》では、乗組員《のりくみいん》たちがおどおどしながらジョン・シルバーの前《まえ》に立《た》っていた。

「さて、全員集合《ぜんいんしゅうごう》したな。」

シルバーは切《き》りだした。乗組員《のりくみいん》たちは、だまってシルバーを見《み》つめている。シルバーは話《はなし》をつづけた。

「率直《そっちょく》にいわせてもらう。きさまらは、救《すく》いようのない、まったくのどあほうぞろいなのか？」

シルバーは、いらだたしげに行《い》ったり来《き》たりしはじめた。口調《くちょう》もだんだんはげしくなり、どなり声《ごえ》に変《か》わった。

「おれたちは素姓《すじょう》をかくし、善良《ぜんりょう》な乗組員《のりくみいん》として雇《やと》われてるんだ。機《き》が熟《じゅく》す前《まえ》に反乱計画《らんけいかく》をばらすつもりか？」

シルバーににらまれ、スクループは身《み》をちぢめながらいいわけした。

「あの小僧《こぞう》が、こそこそかぎまわってやがったから。」

シルバーは目《め》をぎらつかせながらわめいた。

「おまえは計画《けいかく》に専念《せんねん》してりゃいいんだ、このまぬけが！　小僧《こぞう》はおれがこき使《つか》って、くたくたにさせる。考《かんが》えるひまがなくなるほどな！」

8　めばえた信頼感《しんらいかん》

夕暮《ゆうぐ》れがせまるころ、シルバーが甲板《かんぱん》にもどってきた。ジムはモップに変身《へんしん》したモーフの手《て》を借《か》りて、ちょうど甲板《かんぱん》の床《ゆか》みがきを終《お》えるところだった。シルバーが甲板《かんぱん》にでてくると、モーフはすばやくいつもの姿《すがた》にもどった。

ぴかぴかになった甲板《かんぱん》を見《み》ると、シルバーは口笛《くちぶえ》を吹《ふ》いた。

「おっ、ありがたい。まさしく奇跡《きせき》だな、ジンボー。一時間《じかん》ものあいだ、さわぎも起《お》こさず、甲板《かんぱん》でおとなしくしていたとは。」

ジムは顔《かお》をあげると、きまり悪《わる》そうに切《き》りだした。

「えーと……さっきは……ありがとう。」

「けんかをしかけるときは、もっとうまくやるものだ。おやじさんにこつを教《おそ》わらなかったのか？」

シルバーはたずねた。

ジムはたじろいだ。

「おやじさんは、息子《むすこ》を教育《きょういく》するタイプじゃないのか？」

シルバーはしつこくたずねた。

「父《とう》さんに何《なに》かを教《おそ》わったことなんて、一度《ど》もないよ。」

ジムはそっけなく答《こた》えると、甲板《かんぱん》の手《て》すりにもたれた。シルバーのことばが少年《しょうねん》の神経《しんけい》にさわったのは明《あき》らかだ。

「すまんな、坊《ぼう》や。」

シルバーはぎこちなくあやまると、ジムのとなりに来《き》て手《て》すりによりかかった。

ジムは首《くび》を横《よこ》にふった。

「べつにどうってことないさ。気《き》にしてなんかいないよ。」

だが、その声《こえ》には怒《いか》りがこもっている。

シルバーは少年《しょうねん》のふくれっ面《つら》をのぞきこみ、気《き》まずそうに体《からだ》をもぞもぞさせた。

ジムの顔《かお》には、苦痛《くつう》や悲《かな》しみにも似《に》た表情《ひょうじょう》がうかんでいる。いつしかシルバーは、ジムと若《わか》いころの自分自身《じぶんじしん》を重《かさ》ね合《あ》わせていた。

心《こころ》の痛《いた》みをまぎらすためのいちばんの薬《くすり》は、働《はたら》くことだ。

「いいか、坊《ぼう》や、好《この》むか好《この》まないかは別《べつ》として、おれはおまえの監督係《かんとくがかり》に指名《しめい》された。血《ち》のめぐりの悪《わる》いその頭《あたま》に、仕事《しごと》のこつをたたきこんでやる。気《き》をちらすひまがなくなるようにな。」

「なんだって？」

ジムはさっとふりかえり、シルバーをじっと見《み》つめた。

シルバーはうなずいた。

「これからは、絶《た》えずおまえの動《うご》きを監視《かんし》する。寝《ね》るのも、食《た》べるのも、まず、おれの許可《きょか》をとってからだ！」

「手《て》かげんなしか。」

ジムは、ぶすっとした表情《ひょうじょう》ではきすてた。

シルバーはくすくす笑《わら》いながらも、きっぱりといった。

「ああ、そういうことだ。」

シルバーのことばは本当《ほんとう》だった。

ジムは、朝《あさ》から晩《ばん》までこき使《つか》われるはめになった。レーザー砲《ほう》をみがいたり、船《せん》体《たい》にへばりついたフジツボをこすり落《お》としたり、調理室《ちょうりしつ》でイモの皮《かわ》をむいたり、甲《かん》板《ぱん》をそうじしたりと、息《いき》つくひまもないほどだった。

甲板《かんぱん》にほんの少《すこ》しでも、しみやよごれが残《のこ》っていれば、甲板全体《かんぱんぜんたい》の床《ゆか》そうじを一からやりなおしだ。一日《にち》が終《お》わるころには、ジムはすっかり疲《つか》れはて、ブーツを脱《ぬ》ぐのもそこそこにベッドにたおれこむ。夜《よ》が明《あ》けると、またぞっとするような一日《にち》がはじまるのだ。レガシー号《ごう》に乗《の》る前《まえ》に夢《ゆめ》みていた大冒険《だいぼうけん》は、遠《とお》い記憶《きおく》になろうとしていた。

しかし、悪《わる》いことばかりではなかった。数週間《すうしゅうかん》がすぎるころには、しだいにジムは毎日《まいにち》の仕事《しごと》になれてきて、手《て》ぎわよくこなせるようになった。初《はじ》めに思《おも》っていたほど、つらくなくなってきたのだ。

甲板《かんぱん》の床《ゆか》そうじは、休憩《きゅうけい》なしで一気《いっき》にできるようになった。イモの皮《かわ》むきも、むだなく上手《じょうず》にこなせるようになった。シルバーが雑用《ざつよう》をふやせばふやすほど、ジムは、ますます手《て》ぎわよくかたづけようと努力《どりょく》するようになった。

ある日《ひ》の夕方《ゆうがた》、ジムはシルバーから、調理室《ちょうりしつ》じゅうの鍋《なべ》やよごれた皿《さら》を洗《あら》うようにいいつけられた。船《ふね》に乗《の》ってまもないころだったら、不平不満《ふへいふまん》を口《くち》にしていただろう。だが、ジムは弱音《よわね》をはかなかった。歯《は》を食《く》いしばり、だまって皿洗《さらあら》いをはじめた。

それから数時間後《すうじかんご》、ジムは眠気《ねむけ》におそわれ、調理室《ちょうりしつ》の床《ゆか》でうたた寝《ね》しはじめた。ようすを見《み》に来《き》たシルバーは、少年《しょうねん》をたたき起《お》こして皿洗《さらあら》いを再開《さいかい》させようとした。だが、ふとまわりを見《み》まわし、思《おも》わず目《め》をみはった。鍋《なべ》もポットも皿《さら》も、きれいに洗《あら》って乾《かわ》かしてあるではないか！　ジムは、ほかの船乗《ふなの》りたちの二倍《ばい》のスピードで割《わ》り当《あ》て仕事《しごと》をすませたのだ！

考《かんが》えていたよりも見《み》どころのある若者《わかもの》だ。ジムのねばり強《づよ》さに感心《かんしん》したシルバーは、自分《じぶん》の上着《うわぎ》をぬいでジムの体《からだ》にそっとかけると、その夜《よる》はそのまま寝《ね》かせたのだった。

別《べつ》のある日《ひ》、ジムが調理室《ちょうりしつ》に一人《ひとり》きりですわっているとき、壁《かべ》の反対側《はんたいがわ》から話《はな》し声《ごえ》がきこえてきた。ジムは、となりの部屋《へや》をのぞいてみた。

しゃべっているのはシルバーだった。シルバーは冒険物語《ぼうけんものがたり》を語《かた》ってきかせ、仲間《なかま》の乗組員《のりくみいん》たちを楽《たの》しませているところだった。乗組員《のりくみいん》たちは、シルバーのおどけたしぐさや顔《かお》つきをおもしろがり、笑《わら》い声《ごえ》をたてていた。

ぼくはシルバーを誤解《ごかい》しているのだろうか？　ジムは考《かんが》えこんだ。シルバーの温《あたた》かみのある笑《わら》い声《ごえ》、楽《たの》しそうにきらめく瞳《ひとみ》……ビリー・ボーンズが死《し》にぎわに警告《けいこく》したサイボーグは、シルバーのことではなかったのだろうか？　シルバーに対《たい》する怒《いか》りや疑《うたが》いはしだいにうすれ、ジムは尊敬《そんけい》の念《ねん》さえいだくようになった。

シルバーは卑劣《ひれつ》な悪党《あくとう》なんかではなく、ほかの乗組員《のりくみいん》たちと同《おな》じように、無骨《ぶこつ》で荒《あら》っぽいだけではないだろうか？　おそらく、ジムの父《ちち》もそんなタイプの男《おとこ》だったにちがいない。

一方《いっぽう》、シルバーも、ジムの変化《へんか》に満足《まんぞく》していた。ジムは、ほかの乗組員《のりくみいん》のだれよりも熱心《ねっしん》に働《はたら》いた。ときにはシルバーの指示《しじ》が追《お》いつかないほど、ジムはすばやく、てきぱきと仕事《しごと》をこなしていった。

シルバーは、ロープを強《つよ》くじょうぶに結《むす》ぶ方法《ほうほう》もジムに教《おし》えた。ジムは申《もう》し分《ぶん》ない生徒《せいと》だった。結《むす》び方《かた》を一度《ど》教《おし》えただけで、手《て》もなくやってのけた。いつしかシルバーは、自分《じぶん》よりもはるかに若《わか》いジムに一目《いちもく》おくようになっていた。

かつてのシルバーは、ジムに似《に》た若者《わかもの》だった。そのころのシルバーは、まだ海賊《かいぞく》になってはいなかった。右手《みぎて》と右足《みぎあし》を失《うしな》ってもいなかったし、フリント船長《せんちょう》の宝物《たからもの》の話《はなし》についても知《し》らなかった。自由《じゆう》と冒険《ぼうけん》にあこがれ、外《そと》の世界《せかい》で自分《じぶん》の力《ちから》をためしたいと願《ねが》い、野心《やしん》と希望《きぼう》に胸《むね》をふくらませていたのだ。

宇宙空間《うちゅうくうかん》の旅《たび》は順調《じゅんちょう》につづいた。

あるとき、シルバーはレガシー号《ごう》からボートをおろして、でかける準備《じゅんび》をはじめた。ジムはボートがゆれないように両手《りょうて》でささえた。モーフを肩《かた》に乗《の》せてボートに乗《の》ったシルバーは、手《て》をふりながら遠《とお》ざかっていく。

その瞬間《しゅんかん》、ジムの胸《むね》に、父《ちち》がモントレッサ星《せい》をでていったときの悲《かな》しい記憶《きおく》がよみがえってきた。ベッドで眠《ねむ》っていた九歳《さい》のジムは、玄関《げんかん》のドアがバタンとしまる音《おと》をきいて目《め》をさました。すぐさまベッドからでると、居間《いま》にかけこんだ。居間《いま》では、母《はは》のサラがテーブルにつっぷして泣《な》いていた。そのとき初《はじ》めて、ジムは父《ちち》が家《いえ》をでていったことを知《し》ったのだった。

あわてて外《そと》にかけだすと、父《ちち》の名《な》を呼《よ》びながらけんめいにあとを追《お》った。ジムの声《こえ》は父《ちち》の耳《みみ》にとどいているはずだった。だが父《ちち》は、後《うし》ろを一度《ど》もふりかえらなかった。ジムが埠頭《ふとう》にたどりついたのは、父《ちち》が出航《しゅっこう》した直後《ちょくご》だった。あのとき以来《いらい》、ジムは一度《ど》も父《ちち》と会《あ》っていない。

ボートに乗《の》って去《さ》っていくシルバーを見送《みおく》るうちに、ジムの胸《むね》はいっぱいになった。シルバーは自分《じぶん》を残《のこ》して船出《ふなで》しようとしている、あのときの父《ちち》と同《おな》じように。

と、ジムの心《こころ》の動《うご》きを感《かん》じとったかのように、シルバーが肩《かた》ごしに後《うし》ろをふりかえった。そして突然《とつぜん》、ボートの向《む》きを変《か》えると、ジムのほうへもどってきた。シルバーは実際《じっさい》に船出《ふなで》するわけではなかった。若《わか》いジムにボートのこぎ方《かた》を教《おし》えようとしただけだった。

ボートの操縦《そうじゅう》もジムはわけなくこなした。大胆《だいたん》な手《て》つきでかじをとり、ソーラー・ボードをあやつるときのたくみな動《うご》きを披露《ひろう》して、となりにすわっているシルバーをおどろかせた。

やがてジムはボートのかじをとりながら、長《なが》く尾《お》をひくほうき星《ぼし》を追《お》いはじめた。ほうき星《ぼし》が弧《こ》を描《えが》くと、ジムも宙《ちゅう》でボートを一回転《かいてん》させる。そして笑《わら》いながら、肩《かた》にかかった星《ほし》くずをはらった。こうしてジムとシルバーとモーフは、その日《ひ》の午後《ごご》いっぱい、ほうき星《ぼし》を追《お》いかけながらすごした。

レガシー号《ごう》にもどるころには、すでに日《ひ》が暮《く》れていた。ジムとシルバーはボートを格納庫《かくのうこ》に入《い》れて、もやい綱《づな》でつないだ。

シルバーはそのボートに乗《の》ってすわると、へりに背《せ》をもたせてくすくす笑《わら》った。

「なあ、ジンボー、おれも若《わか》いころからおまえぐらいの技術《ぎじゅつ》をもっていたら、いまごろは、通《とお》りを歩《ある》くたびに町《まち》の連中《れんちゅう》がおじぎしてくれただろうな。」

ジムもボートに乗《の》りこんだ。レガシー号《ごう》のゆれに合《あ》わせ、ボートもおだやかにゆれる。

「さあ、それはどうかな。だって、ぼくは町《まち》の人《ひと》たちにほめてもらったことなんて一度《ど》もないもの。」

ジムは、モントレッサ星《せい》を去《さ》るときのことを思《おも》いうかべた。そして、少《すこ》し間《ま》をおいてからいいそえた。

「でも、いまのぼくは変《か》わろうとしている。」

「ほう、そうか？　どう変《か》わろうとしてるんだ？」

シルバーはたずねた。

ジムはほほえんだ。

「ある計画《けいかく》をたててるんだ。成功《せいこう》すれば、町《まち》の人《ひと》たちも、ぼくに対《たい》する見方《みかた》を少《すこ》しは変《か》えてくれると思《おも》う。」

シルバーはジムを横目《よこめ》で見《み》た。ある計画《けいかく》とは、トレジャー・プラネットに関《かん》することにちがいない。シルバー自身《じしん》もフリント船長《せんちょう》の宝物《たからもの》をねらっているのだ。

「ときには、計画《けいかく》がくるうことだってあるぞ。」

シルバーはぎこちなくいった。

ジムは頭《あたま》の後《うし》ろで両手《りょうて》を組《く》むと、自信《じしん》ありげに答《こた》えた。

「こんどはだいじょうぶ。きっと成功《せいこう》するよ。」

シルバーの胸《むね》はうずいた。これまで海賊《かいぞく》として長《なが》い年月《ねんげつ》をすごしてきたが、後《うし》ろめたさを感《かん》じたのは、これが初《はじ》めてだった。自分自身《じぶんじしん》の反応《はんのう》にうろたえたシルバーは、身《み》をかがめて、機械《きかい》で動《うご》く右足《みぎあし》のボルトを調節《ちょうせつ》しようとした。

すかさず、モーフがスパナに変身《へんしん》して手助《てだす》けする。

「おう、ありがとうよ、モーフ。」

シルバーはペットに礼《れい》をいった。

ジムはシルバーの右足《みぎあし》を見《み》ながら、遠慮《えんりょ》がちに問《と》いかけた。

「足《あし》をなくしたのは、事故《じこ》か何《なに》かのせい？」

シルバーは苦笑《くしょう》した。

「夢《ゆめ》を追《お》いつづけるためには、失《うしな》うものもいくつかあるってことだ。」

ジムは眉《まゆ》をあげた。

「それほど価値《かち》のある夢《ゆめ》だったの？」

シルバーは少年《しょうねん》の肩《かた》に重《おも》い腕《うで》をかけた。

「価値《かち》ある夢《ゆめ》だと思《おも》いたいさ、ジンボー。」

9　危機《きき》をのりこえて

ガクン！　ふいに、レガシー号《ごう》が大《おお》きくゆれた。ジムとシルバーの体《からだ》も大《おお》きくふられ、ボートの前《まえ》のほうへほうりだされた。モーフはボートのへりにたたきつけられ、あぶくになって飛《と》びちった。が、すぐさま、もとの形《かたち》にもどった。

「いったい何《なん》だ？」

シルバーは大声《おおごえ》をあげた。

目《め》のくらむような閃光《せんこう》が暗《くら》い格納庫《かくのうこ》にさしこんできて、ふたたびレガシー号《ごう》が大《おお》きくゆれた。乗組員《のりくみいん》たちもバランスを失《うしな》った。

ジムとシルバーは、いそいで甲板《かんぱん》にあがった。ぎらぎらと燃《も》えるような光《ひかり》が、遠《とお》くを真《ま》っ赤《か》に染《そ》めている！　ジムはぽかんと口《くち》をあけた。星《ほし》が爆発《ばくはつ》したのだ。星《ほし》のかけらがレガシー号《ごう》にむかって飛《と》んでくる。

ドップラー博士《はかせ》はさけんだ。

「おお、あれは！　超新星《ちょうしんせい》じゃないか！　ペルーシド星《せい》が爆発《ばくはつ》したんだ！」

「全乗組員《ぜんのりくみいん》、命綱《いのちづな》をしっかり結《むす》べ！」

アロー一等航海士《とうこうかいし》が命令《めいれい》した。

乗組員《のりくみいん》たちは大《おお》いそぎでベルトにワイヤロープを結《むす》び、メインマストに自分《じぶん》たちの体《からだ》を固定《こてい》した。

と、その瞬間《しゅんかん》、新《あら》たな衝撃《しょうげき》がおそってきた。レガシー号《ごう》のゆれとともに、乗組員《のりくみいん》たちの体《からだ》も大《おお》きくかたむいた。

「ミスター・アロー、帆《ほ》の安全《あんぜん》を確保《かくほ》しなさい！」

アメリア船長《せんちょう》の命令《めいれい》をうけたアロー一等航海士《とうこうかいし》とスクループが、帆《ほ》をたたむように指示《しじ》をだした。乗組員《のりくみいん》たちはロープをよじのぼり、帆《ほ》をたたんでしばりはじめた。爆発《ばくはつ》の衝撃《しょうげき》で、すでに帆《ほ》のあちこちが裂《さ》けている。

ジムとシルバーは三角帆《さんかくほ》をたたみはじめた。と、そのとき、爆発《ばくはつ》した星《ほし》のかけらが二人《ふたり》の頭《あたま》をかすめて飛《と》んでいった。あおりを食《く》ったシルバーは足《あし》をふみはずし、マストから落《お》ちて宙《ちゅう》にほうりだされてしまった。

「シルバー！」

ジムはぞっとしてさけんだ。

体《からだ》にまきつけた命綱《いのちづな》がのびきった瞬間《しゅんかん》、シルバーの体《からだ》は空中《くうちゅう》でがくんとゆれて止《と》まった。大柄《おおがら》なシルバーの体《からだ》は重《おも》い。だがジムは、レガシー号《ごう》で生活《せいかつ》するうちに、強《つよ》くたくましくなっていた。シルバーを見捨《みす》てるわけにはいかないのだ。

ジムは渾身《こんしん》の力《ちから》をこめてシルバーの命綱《いのちづな》をひっぱり、安全《あんぜん》な場所《ばしょ》までひきあげた。

「ありがとう、坊《ぼう》や。」

シルバーは息《いき》を切《き》らしていった。

そのときジムは、何《なに》かが自分《じぶん》たちのほうへ飛《と》んでくることに気《き》がついた。さっとそちらをふりかえった。巨大《きょだい》な星《ほし》のかけらが、まっすぐレガシー号《ごう》にむかって飛《と》んでくるではないか！　ベンボウ亭《てい》二十軒分《けんぶん》はありそうだ。星《ほし》をかわす余裕《よゆう》はすでになかった。船《ふね》が直撃《ちょくげき》される瞬間《しゅんかん》にそなえて、ジムは足《あし》をふんばった。

星《ほし》のかけらがぐんぐんせまってくる……と、ふいに、その動《うご》きが止《と》まった。かけらは、ほんの少《すこ》しのあいだ宙《ちゅう》に静止《せいし》したかと思《おも》うと、ゆっくりと船《ふね》からはなれはじめたのだ！

ジムとシルバーは、呆然《ぼうぜん》として星《ほし》のかけらを見《み》つめた。何《なに》が起《お》こったのだろう？星《ほし》のかけらは、ふいに方向《ほうこう》を変《か》えた……でも、どうして？

ちょうどそのとき、高《たか》い見張《みは》り台《だい》では、見張《みは》り役《やく》のオーナスが青《あお》くなっていた。

「船長《せんちょう》、あれを見《み》てください！」

オーナスの声《こえ》に、アメリア船長《せんちょう》とドップラー博士《はかせ》はそちらをふりかえった。うずまく光《ひかり》が、暗黒《あんこく》の深《ふか》い穴《あな》の中《なか》にらせん状《じょう》に吸《す》いこまれていくのがわかる。

ドップラー博士《はかせ》は息《いき》をのんだ。

「あれは……爆発《ばくはつ》のあとにできるブラックホールだ！」

レガシー号《ごう》にむかっていた星《ほし》のかけらが突然方向《とつぜんほうこう》を変《か》えたのは、背後《はいご》から深《ふか》いブラックホールにひっぱられたせいなのだ。いまや、レガシー号《ごう》も深《ふか》い穴《あな》のほうへひきよせられている。ブラックホールの重力《じゅうりょく》につかまってしまったら、逃《に》げることなどできないのだ。

レガシー号《ごう》の操縦室《そうじゅうしつ》では、舵輪《だりん》が舵手《だしゅ》の意《い》のままに動《うご》かなくなっていた。

「船長《せんちょう》、だめです！　舵輪《だりん》をコントロールできません！」

アメリア船長《せんちょう》は操縦室《そうじゅうしつ》にかけこむと、足《あし》をふんばって舵輪《だりん》を必死《ひっし》につかみ、なんとか制御《せいぎょ》しようとした。だが、自然《しぜん》の力《ちから》にさからうことはできなかった。船《ふね》は黒《くろ》い穴《あな》のほうへひっぱられていく。まるで磁石《じしゃく》にひきつけられるようだ。その一方《いっぽう》で、星《ほし》の爆発《ばくはつ》による強《つよ》い衝撃波《しょうげきは》が、次《つぎ》から次《つぎ》へとおそいかかってきた。

アメリア船長《せんちょう》は、解決策《かいけつさく》を見《み》つけようとやっきになった。これまで何度《なんど》も航海《こうかい》してきたが、乗組員《のりくみいん》を失《うしな》ったことは一度《ど》もなかった。こんどの航海《こうかい》でも、失《うしな》うわけにはいかないのだ。

そのとき、新《あら》たな衝撃波《しょうげきは》がおそいかかり、船《ふね》をはげしくゆさぶった。アメリア船《せん》長《ちょう》の手《て》が舵輪《だりん》からはなれた。

「なんていまいましいの！　衝撃波《しょうげきは》の強《つよ》さも周期《しゅうき》も、ばらばらだわ！　これじゃ、手《て》のうちようがない！」

アメリア船長《せんちょう》は怒《いか》りの声《こえ》を放《はな》った。

「いや、船長《せんちょう》！　波《なみ》の周期《しゅうき》は一定《いってい》だよ。」

ドップラー博士《はかせ》が、計器《けいき》を見《み》ながら切《き》りだした。

「きっかり四十七・二秒後《びょうご》に、もう一度《ど》、衝撃波《しょうげきは》が来《く》る。最大《さいだい》の衝撃《しょうげき》がおそってくるのは、そのあとだ。」

アメリア船長《せんちょう》は眉《まゆ》をよせて考《かんが》えこんだ。衝撃波《しょうげきは》におそわれる瞬間《しゅんかん》がわかれば、前《まえ》もってそれに備《そな》えることができる。衝撃波《しょうげきは》を利用《りよう》することさえできるかもしれないのだ。

船長《せんちょう》はドップラー博士《はかせ》のほうへむくと、顔《かお》をかがやかせた。

「おみごとだわ、ドクター！　最大《さいだい》の衝撃波《しょうげきは》に乗《の》って、ここから脱出《だっしゅつ》すればいいわけね！」

「帆《ほ》の安全《あんぜん》を確保《かくほ》しました、船長《せんちょう》！」

アロー一等航海士《とうこうかいし》が報告《ほうこく》する。

「そう。では、ただちに、たたんだ帆《ほ》をひろげて！」

アメリア船長《せんちょう》は命令《めいれい》した。

アロー一等航海士《とうこうかいし》は、一瞬《いっしゅん》、あっけにとられた表情《ひょうじょう》で船長《せんちょう》を見《み》つめた。それから、われにかえってうなずいた。アメリア船長《せんちょう》とは、かつて何度《なんど》も航海《こうかい》し、何度《なんど》も危機《きき》に直面《ちょくめん》してきた。だが、そのたびに船長《せんちょう》は危機《きき》をのりこえてきたのだ。

「全員《ぜんいん》、ただちに帆《ほ》をひろげろ！」

アローは指図《さしず》した。

乗組員《のりくみいん》たちは困惑《こんわく》しながらも、もう一度《ど》マストにのぼり、さっきたたんだばかりの帆《ほ》をひろげはじめた。

「ミスター・ホーキンス、全員《ぜんいん》の命綱《いのちづな》がしっかりと結《むす》ばれていることを確認《かくにん》して！」

アメリア船長《せんちょう》はジムに命《めい》じた。

「はい、船長《せんちょう》！」

ジムはメインマストにかけよると、命綱《いのちづな》を一本《ぽん》ずつ調《しら》べ、シルバーに教《おそ》わった方法《ほう》でロープを輪《わ》にして結《むす》んだ。そして、その輪《わ》をメインマストの周囲《しゅうい》にとりつけられた長《なが》い柄《え》にひっかけて固定《こてい》した。

「命綱《いのちづな》の安全《あんぜん》を確認《かくにん》しました、船長《せんちょう》！」

ジムが報告《ほうこく》した瞬間《しゅんかん》、新《あら》たな波《なみ》がおそってきた。その衝撃《しょうげき》で、レガシー号《ごう》は大《おお》きく横《よこ》にゆれた。メインマストのてっぺんでは、アロー一等航海士《とうこうかいし》がバランスを失《うしな》い、そのまま宙《ちゅう》に落《お》ちていった。

だが、命綱《いのちづな》はジムがかたく結《むす》んだばかりだ。宙《ちゅう》ぶらりんになったアローの体《からだ》は、命綱《いのちづな》一本《ぽん》でささえられている。アローは命綱《いのちづな》につかまって船《ふね》にもどりはじめた。

ふと、アローの視線《しせん》が、クモのようなスクループの姿《すがた》をとらえた。スクループは、メインマストの横《よこ》に立《た》っている。アローはほっとして、スクループのほうへ手《て》をのばした。

スクループは手《て》を貸《か》そうとはしなかった。クモのような長《なが》い腕《うで》をふりかざすと、アローの命綱《いのちづな》をするどいかぎ爪《づめ》で切《き》りはなしてしまったのだ。ささえを失《うしな》ったアローの体《からだ》は、たちまち黒《くろ》い穴《あな》の中《なか》に吸《す》いこまれていった。

スクループは邪悪《じゃあく》な笑《え》みをうかべた。船長側《せんちょうがわ》の連中《れんちゅう》の中《なか》でもとりわけ目《め》ざわりなアローを、わけなく始末《しまつ》することができた。しかも、目撃者《もくげきしゃ》はいない。

「船長《せんちょう》！　大波《おおなみ》がおそってくるぞ！」

ドップラー博士《はかせ》が大声《おおごえ》をあげた。

「全員《ぜんいん》、命綱《いのちづな》につかまって！　はげしいゆれに耐《た》えられるようにね。」

アメリア船長《せんちょう》は乗組員《のりくみいん》たちに呼《よ》びかけた。

乗組員《のりくみいん》たちは命綱《いのちづな》につかまった。シルバーはメインマストにしがみつき、船《ふね》がブラックホールに近《ちか》づくと、自分《じぶん》の大《おお》きな体《からだ》でジムを守《まも》った。ブラックホールには実際《じっさい》に穴《あな》があるわけではなかった。目《め》に映《うつ》るのは、真《ま》っ黒《くろ》いうずまきだけだった。

最後《さいご》の大爆発《だいばくはつ》が起《お》こったのは、そのときだった。広大《こうだい》な宇宙《うちゅう》は、まばゆいばかりのかがやきにみたされた。と、同時《どうじ》に、レガシー号《ごう》は強《つよ》い衝撃波《しょうげきは》に運《はこ》ばれてブラックホールからひきはなされ、宇宙空間《うちゅうくうかん》を疾走《しっそう》しはじめた。

レガシー号《ごう》は危機《きき》をのりこえた。乗組員《のりくみいん》たちは甲板《かんぱん》に横《よこ》たわり、大《おお》きく息《いき》をつい
た。そしてゆっくりと起《お》きあがり、体《からだ》に異常《いじょう》がないことをたしかめた。

ドップラー博士《はかせ》も自分《じぶん》の両腕《りょううで》と両足《りょうあし》を調《しら》べ、けがないことを確認《かくにん》すると、大《おお》さ
わぎしはじめた。

「彼女《かのじょ》は、みごとにやってのけたぞ！　最大《さいだい》の危機《きき》をのりこえたんだ！」

乗組員《のりくみいん》たちの歓声《かんせい》がひびく中《なか》、博士《はかせ》はアメリア船長《せんちょう》のもとへかけだした。

「船長《せんちょう》……何《なん》といえばよいか……まったくのところ……すばらしい……。」

アメリア船長《せんちょう》はそっけなく手《て》をふり、博士《はかせ》をだまらせようとした。

「やめてちょうだい。ドクターの天文学上《てんもんがくじょう》のアドバイスが役《やく》にたっただけよ。」

ドップラー博士《はかせ》は目《め》をまるくした。船長《せんちょう》がわたしに賞賛《しょうさん》のことばを？

「わたしでよければ、協力《きょうりょく》するよ。解剖学《かいぼうがく》も……天文学《てんもんがく》も……物理学《ぶつりがく》も。」

アメリア船長《せんちょう》は博士《はかせ》を無視《むし》して、ジムとシルバーのほうへむいた。

「おめでとう、ミスター・シルバー。あなたの生徒《せいと》は、すばらしい仕事《しごと》をしたようね。命綱《いのちづな》が乗組員《のりくみいん》たちを守《まも》ってくれたわ。」

シルバーはにやにやしながら、ジムをこづいた。

「全乗組員《ぜんのりくみいん》がそろっているの、ミスター・アロー？」

アメリア船長《せんちょう》はたずねた。だが、返事《へんじ》はない。船長《せんちょう》は後《うし》ろをふりかえった。

「ミスター・アロー？」

そこへあらわれたのはスクループだった。これ見《み》よがしに、アローの帽子《ぼうし》をかぎ爪《づめ》にひっかけている。

「残念《ざんねん》ながら、アローは死《し》にました。」

スクループはジムのほうへ視線《しせん》を走《はし》らせた。

「命綱《いのちづな》の結《むす》び目《め》がほどけたんですよ。」

10　ふれあう心《こころ》

全員《ぜんいん》の目《め》が、いっせいにジムにそそがれた。

「うそだ！　みんなの命綱《いのちづな》をちゃんと調《しら》べたよ！」

ジムはメインマストの前《まえ》にかけよって命綱《いのちづな》をたしかめようとした。しかし、なぜかアロー一等航海士《とうこうかいし》の命綱《いのちづな》は消《き》えていた。

「どの命綱《いのちづな》も、しっかり結《むす》ばれてたんだ！」

ジムはアメリア船長《せんちょう》をふりかえった。だが、かえってきたのは、船長《せんちょう》の冷《ひ》ややかなまなざしだけだった。

アメリア船長《せんちょう》は信頼《しんらい》する部下《ぶか》の死《し》を悼《いた》み、せきばらいをして口《くち》をひらいた。

「ミスター・アローはりっぱな船乗《ふなの》りでした。職務《しょくむ》に忠実《ちゅうじつ》で、責任感《せきにんかん》が強《つよ》く、心《こころ》から信頼《しんらい》できる部下《ぶか》でした。しかし、この仕事《しごと》に危険《きけん》がつきまとうことを、彼《かれ》は知《し》っていました。全員《ぜんいん》、それぞれの持《も》ち場《ば》について。仕事《しごと》を再開《さいかい》します。」

船長《せんちょう》はおだやかに指示《しじ》すると、自分《じぶん》の船室《せんしつ》に通《つう》じる階段《かいだん》をのぼっていった。

乗組員《のりくみいん》たちはジムをだまってにらみつけ、それからはなれていった。

シルバーだけはジムを気《き》づかい、その場《ば》にとどまった。顔《かお》をあげて、帆《ほ》げたにすわっているスクループを見《み》た。スクループは、ロープの切《き》れはしをもてあそんでいる。瞬時《しゅんじ》に、シルバーはすべてを理解《りかい》した。アローの死《し》は、ジムの不注意《ふちゅうい》が原因《げんいん》ではなかったのだ!

ジムは一人《ひとり》きりで、はしご状《じょう》に編《あ》まれたロープに腰《こし》をおろすと、満天《まんてん》の星《ほし》をながめた。そよ風《かぜ》がかすかに帆《ほ》をゆらしている。手《て》にした短《みじか》いロープを結《むす》んだりほどいたりしているところへ、シルバーがやってきて、何気《なにげ》ない調子《ちょうし》で話《はな》しかけた。

「そう自分《じぶん》を責《せ》めるな。おまえはりっぱに仕事《しごと》をしたよ」

ジムは口《くち》をきかなかった。目《め》に涙《なみだ》があふれ、胸《むね》がしめつけられるようだ。

シルバーは、なんとかジムをはげまそうとした。

「命綱《いのちづな》がちゃんと結《むす》ばれてなかったら、乗組員《のりくみいん》の半数《はんすう》は黒《くろ》い穴《あな》に吸《す》いこまれ……。」

ジムは、ぱっと顔《かお》をあげると、腹《はら》だたしげにいった。

「わからないの？　ぼくは、へまをしちゃったんだよ！　自分《じぶん》では、だれかの役《やく》にたてると思《おも》った。でも……でも……。もういい、気《き》にしないで。」

ジムは顔《かお》をそむけた。

シルバーはジムの肩《かた》をつかんで自分《じぶん》のほうへむかせると、まっすぐ目《め》を見《み》つめた。

「いいか、ジム・ホーキンス！　おまえには、一流《いちりゅう》の船乗《ふなの》りになれる素質《そしつ》があるんだ！　人生《じんせい》の目標《もくひょう》を定《さだ》め、その目標《もくひょう》にむかってつきすすむことだ。どんなことがあっても、とことんがんばれ。時《とき》が来《く》れば、真《しん》の勇気《ゆうき》と決断力《けつだんりょく》をためすチャンスが、かならずおとずれる……。そのとき、おれもその場《ば》にいて、りっぱに成長《せいちょう》したおまえの姿《すがた》を見《み》たいものだ！　自分《じぶん》で舵《かじ》をとり、自分《じぶん》で針路《しんろ》を決《き》めるおまえの姿《すがた》をな！」

ジムは、シルバーをまじまじと見《み》つめた。それからふいに、シルバーのたくましい胸《むね》に顔《かお》を埋《う》めた。一瞬《いっしゅん》、シルバーは、ぎょっとして身《み》をかたくした。それでも、やがて少年《しょうねん》の体《からだ》に左腕《ひだりうで》をまわし、頭《あたま》を軽《かる》くたたいた。

「ほら、ジンボー。そろそろ寝《ね》ろ。」

シルバーは照《て》れくささをかくすために、ぶっきらぼうにいった。

ジムはうなずくと、船室《せんしつ》につづく通路《つうろ》をすすみはじめた。

少年《しょうねん》の姿《すがた》が見《み》えなくなると、シルバーはペットのモーフに話《はな》しかけた。

「ちょっと深入《ふかい》りしすぎたな。やわになったもんだっていわれるのがおちだ。」

シルバーは、暗《くら》がりにスクループがいることに気《き》がつかなかった。スクループは、シルバーとジムの会話《かいわ》をすべて立《た》ち聞《ぎ》きしていたのだ。

11　海賊一味《かいぞくいちみ》のねらい

あくる朝早《あさはや》く、船室《せんしつ》の窓《まど》からやわらかい日《ひ》ざしが入《はい》ってきた。ジムは、くさいにおいで目《め》をさました。上《うえ》の寝台《しんだい》で寝《ね》ている乗組員《のりくみいん》の足《あし》が悪臭《あくしゅう》を放《はな》っているのだ。

「ひぇっ！」

ジムは寝台《しんだい》からいきおいよく足《あし》をおろすと、片方《かたほう》のブーツをはいた。ところが、もう一方《いっぽう》のブーツに手《て》をのばした瞬間《しゅんかん》、ブーツが音《おと》をたててとびのいた。

「モーフ、静《しず》かにしろ！」

モーフのいたずらには、もう慣《な》れっこになっている。ジムはあくびをすると、身《み》をかがめて本物《ほんもの》のブーツを探《さが》した。

にせのブーツはジムの後《うし》ろにまわると、おしりをけとばした。それから、ジムのブーツをうばって逃《に》げだした。

「もどってこい！」

ジムはモーフを追《お》った。

調理室《ちょうりしつ》の中《なか》まで追《お》いかけ、すばやくとびかかった。だが、小《ちい》さなモーフはさっとすりぬけ、床《ゆか》にはめこまれた鉄格子《てつごうし》のあいだをでたり入《はい》ったりしはじめた。そして突然《とつぜん》、姿《すがた》を消《け》した。

ジムは、ぬき足《あし》さし足《あし》でモーフをさがした。と、いきなり、パープの実《み》が入《はい》った大樽《おおだる》の中《なか》から小《ちい》さな音《おと》がきこえてきた。ジムは樽《たる》にしのびより、中《なか》をのぞきこんだ。

すると、パープの一つがぴくっと動《うご》き、目《め》をあけた。

「つかまえた！」

ジムも樽《たる》の中《なか》に入《はい》りこんだ。

ちょうどそのとき、足音《あしおと》と腹《はら》だたしげな声《こえ》がひびいてきた。だれかが調理室《ちょうりしつ》に近《ちか》づいてきたのだ！　ジムが樽《たる》からでる前《まえ》に、ドアがあいた。

「わたしたちがいいたいのは、もう待《ま》ちくたびれたってこと！」

バードブレイン・メアリーがしゃべっている。

「残《のこ》ってるのは三人《にん》だけだ。」

ハンズがいいそえた。

ジムは息《いき》をころし、樽《たる》の節穴《ふしあな》からのぞいてみた。

バードブレイン・メアリーとハンズ、メルトダウン、それに、ほかの数人《すうにん》の乗組員《のりくみいん》が集《あつ》まっている。

「おれたちゃ、行動《こうどう》したいんだ！」

メルトダウンが不満《ふまん》そうにいう。

突然《とつぜん》、サイボーグの右腕《みぎうで》が視界《しかい》に入《はい》ってきた。ジムは息《いき》をのんだ。

「行動《こうどう》にでるのは、宝《たから》のありかを示《しめ》す地図《ちず》が手《て》に入《はい》ってからだ。」

シルバーはうなった。

ジムは思《おも》わず目《め》をみはった。シルバーは、地図《ちず》について知《し》っているのだろうか？

そして、反乱《はんらん》を起《お》こす計画《けいかく》をたてているのだろうか？　ジムの頭《あたま》は混乱《こんらん》した。

スクループの声《こえ》もきこえてくる。

「いますぐ行動《こうどう》にでるといってるんだ！」

ふいに、シルバーの手《て》がつきでた。その手《て》がスクループの首《くび》をひっつかみ、体《からだ》ごと床《ゆか》から持《も》ちあげた。

「この次《つぎ》、おれの命令《めいれい》にさからって、アローに対《たい》してやったようなまねをしたら、おまえも同《おな》じ目《め》にあわせるからな！」

ジムは思《おも》わず声《こえ》をもらしそうになった。犯人《はんにん》はスクループだったのか！　自分《じぶん》でアローを殺《ころ》しておきながら、ぼくに罪《つみ》をなすりつけるとは！

シルバーは、スクループを荒《あら》っぽくつきとばした。その拍子《ひょうし》に、スクループは後《うし》ろへよろけ、パープの樽《たる》をおしたおしそうになった。

ジムはあわてた。樽《たる》がたおれないように、内側《うちがわ》で両腕《りょううで》をのばしてつっぱった。ほっとするまもなく、こんどはモーフがキーキー声《ごえ》をあげそうになる。ジムはすばやくモーフの体《からだ》をつかみ、口《くち》をふさいだ。

そのすぐあとに、スクループの声《こえ》がひびく。

「おれをおどして、びびらせようって魂胆《こんたん》か？　だが、そいつはどうかな。おまえの秘密《ひみつ》を知《し》ってるんだぜ。」

シルバーとスクループはにらみあった。シルバーから目《め》をそらさず、スクループがいきなり、樽《たる》の中《なか》に手《て》をつっこんだ。ジムはとっさに身《み》をちぢめ、パープの実《み》をスクループのかぎ爪《づめ》におしこんだ。スクループはその実《み》をつかむと、樽《たる》の外《そと》へ手《て》をだした。

「何《なに》かいいたいことでもあるのか？」

シルバーは問《と》いつめた。

「あの小僧《こぞう》のことさ。どうやら、おまえのお気《き》に入《い》りらしいな。」

しゃべりながら、スクループは爪《つめ》でパープの実《み》をおしつぶした。

シルバーはすばやく考《かんが》えをめぐらした。ここで弱《よわ》みを見《み》せたら、スクループが敵《てき》対《たい》するにちがいない。シルバーは慎重《しんちょう》にことばを選《えら》んで切《き》りだした。

「おれが気《き》にしているのは、ただ一つ、フリントの宝物《たからもの》だけさ！　あんな小僧《こぞう》のために危険《きけん》をおかすわけがないだろ？」

ジムの顔《かお》は青《あお》ざめた。シルバーのことばが信《しん》じられなかった。信《しん》じたくなかった。

「じゃ、このせりふはどうなんだ……？『おまえには、一流《いちりゅう》の船乗《ふなの》りになれる素質《そしつ》があるんだ！』」

スクループがしつこくからむ。

「だまれ！　計画《けいかく》をかぎつけられないように、手《て》なずけてるだけだ！」

シルバーはどなった。

ジムはショックをうけた。シルバーは真《しん》の友人《ゆうじん》ではなかった……ぼくを利用《りよう》していただけなんだ！

と、そのとき、見張《みは》り台《だい》に立《た》つオーナスの大声《おおごえ》がひびいた。

「おーい、星《ほし》だ！」

海賊《かいぞく》たちは興奮《こうふん》した表情《ひょうじょう》で、たがいの顔《かお》を見合《みあ》わせた。ついに、トレジャー・プラネットが視界《しかい》に入《はい》ってきたのだ！　海賊《かいぞく》たちは、先《さき》を争《あらそ》うようにして甲板《かんぱん》にあがっていった。

甲板《かんぱん》の手《て》すりの前《まえ》に立《た》つと、グリーンに光《ひか》るトレジャー・プラネットが遠《とお》くに見《み》える。男《おとこ》たちは宝物《たからもの》が眠《ねむ》る星《ほし》をうっとりとながめた。

「望遠鏡《ぼうえんきょう》はどこなんだ？」

シルバーはぶつぶついった。下《した》に置《お》き忘《わす》れてきたことに気《き》づくと、大《おお》いそぎで通《つう》路《ろ》をひきかえして調理室《ちょうりしつ》へ……。そこで、ジムとばったり鉢合《はちあ》わせした！　ジムはトレジャー・プラネットを見《み》ようと、パープの樽《たる》からとびだしたところだった。

ジムとシルバーの目《め》が合《あ》った。一瞬《いっしゅん》、二人《ふたり》とも口《くち》をきかなかった。

「かくれんぼでもしてたのか？」

先《さき》にシルバーが口《くち》をひらいた。ジムにどこまで話《はなし》をきかれたかを、たしかめることにした。

「そう、あそんでたんだ。」

ジムは腹《はら》だたしげに答《こた》えた。

「かくれんぼは得意《とくい》じゃないが、負《ま》けるのはきらいだ。」

シルバーは機械《きかい》で動《うご》く右手《みぎて》をピストルに変《か》えた。

ジムは背後《はいご》に手《て》をのばして、調理台《ちょうりだい》の上《うえ》のアイスピックをつかむと、

「ぼくもきらいさ!」

いうが早《はや》いか、ぐいと前進《ぜんしん》してシルバーの右足《みぎあし》にアイスピックをつきたてた。機《き》械《かい》じかけの右足《みぎあし》から火花《ひばな》がちった。

そのすきに、ジムは調理室《ちょうりしつ》からとびだし、甲板《かんぱん》に通《つう》じる通路《つうろ》を一目散《いちもくさん》に走《はし》りだした。モーフも宙《ちゅう》を飛《と》んでくっついていく。

「ちくしょう!」

シルバーは右足《みぎあし》をひきずりながら甲板《かんぱん》にあがった。すぐさま、ポケットから笛《ふえ》をとりだして吹《ふ》き鳴《な》らす。かん高《だか》い音《おと》が甲板《かんぱん》にひびきわたった。

「おい、計画変更《けいかくへんこう》だ! ただちに反乱《はんらん》を起《お》こすぞ!」

シルバーは仲間《なかま》たちに大声《おおごえ》で呼《よ》びかけた。

すさまじいおたけびとともに、海賊一味《かいぞくいちみ》はロープをつたっておりると、通路《つうろ》をつっ走《ぱし》っていった。

「旗《はた》をおろせ、オーナス！」

シルバーは手下《てした》に命《めい》じた。

オーナスはレガシー号《ごう》の旗《はた》をおろし、かわりに海賊《かいぞく》の黒旗《くろはた》をかかげた。

アメリア船長《せんちょう》は自分《じぶん》の船室《せんしつ》にかけこみ、銃保管庫《じゅうほかんこ》に突進《とっしん》した。

「わたしの船《ふね》に海賊《かいぞく》が乗《の》りこんでいたなんて！　いまいましい！　きっと、やつらをしばり首《くび》にしてやるわ！」

船長《せんちょう》は銃保管庫《じゅうほかんこ》の鍵《かぎ》をあけると、レーザー銃《じゅう》をドップラー博士《はかせ》に手《て》わたした。

「この銃《じゅう》のあつかいをごぞんじ？」

「えーと……そうだな……前《まえ》に何《なに》かで読《よ》んだことが……。」

ドップラー博士《はかせ》はあいまいにいった。ぎこちなくいじっているうちにレーザー光《こう》線《せん》がとびだして、壁《かべ》ぎわの地球儀《ちきゅうぎ》に命中《めいちゅう》した。

「いや、いや、知《し》らん。」

博士《はかせ》はあわてて首《くび》をふった。

アメリア船長《せんちょう》はあきれて目《め》を白黒《しろくろ》させた。次《つぎ》に黄金《おうごん》の球《たま》をとりだして、ジムのほうへほうった。

「ミスター・ホーキンス、命《いのち》をかけて地図《ちず》を守《まも》って。」

ところが、ジムの手《て》にわたる前《まえ》に、いたずらずきのモーフが黄金《おうごん》の球《たま》を空中《くうちゅう》でかすめとってしまった。ジムは球《たま》をうばいかえそうとして、必死《ひっし》にモーフを追《お》いかけた。しかしモーフは、たくみにジムの手《て》をすりぬける。

「わたせったら、モーフ！」

やっとの思《おも》いで、ジムは球《たま》をうばいかえした。

その瞬間《しゅんかん》、ドアの外《そと》でシルバーの声《こえ》がひびいた。

「そこで一日《にち》じゅう、ぺちゃくちゃしゃべってるつもりか？」

シルバーは右足《みぎあし》から銃《じゅう》をひきぬき、ドアを撃《う》ちやぶった。と、同時《どうじ》に、海賊一味《かいぞくいちみ》

がどっと部屋《へや》になだれこんできた。だが、室内《しつない》はもぬけの殻《から》になっていた。床《ゆか》には
ぽっかりと大《おお》きな穴《あな》があいていた。船長《せんちょう》とジムとドップラー博士《はかせ》は、その穴《あな》をぬけ
て逃《に》げだしていたのだ。

12　はげしい銃撃戦《じゅうげきせん》

「ボートへ！」

格納庫《かくのうこ》につづく通路《つうろ》を走《はし》りながら、アメリア船長《せんちょう》がさけんだ。

格納庫《かくのうこ》にたどりつくと、船長《せんちょう》は取《と》っ手《て》をひいてハッチをあけた。そしてすぐさま、博士《はかせ》とともにボートに乗《の》りこんだ。

ところがそのとき、モーフがジムの上着《うわぎ》のポケットにもぐり、黄金《おうごん》の球《たま》をひっぱりだした。またしても、ふざけて飛《と》びまわる。ジムと追《お》いかけっこをしてあそぶつもりなのだ。

「モーフ、やめろ！」

ジムはモーフを追《お》いかけた。

そこへ海賊《かいぞく》一味《いちみ》が突入《とつにゅう》してきて、銃《じゅう》で攻撃《こうげき》しはじめた。

「これでもくらえ！」

アメリア船長《せんちょう》は、海賊《かいぞく》たちをねらってレーザー銃《じゅう》を発射《はっしゃ》した。ドップラー博士《はかせ》も船長《せんちょう》とともに反撃《はんげき》を開始《かいし》する。ねらいはそれて、レーザー光線《こうせん》は金属製《きんぞくせい》の重《おも》いはりを固定《こてい》している鋲《びょう》に命中《めいちゅう》した。重《おも》いはりが落《お》ちてきて、数人《すうにん》の海賊《かいぞく》を下敷《したじ》きにした。

アメリア船長《せんちょう》が目《め》をまるくする。

「ねらってやったの？」

「もちろん、ねらったのさ！」

ドップラー博士《はかせ》は思《おも》いがけない効果《こうか》におどろきながらも、得意《とくい》そうに答《こた》えた。

銃撃戦《じゅうげきせん》のさなか、シルバーは格納庫《かくのうこ》のハッチをしめようと取《と》っ手《て》をつかんだ。

「たいへん！」

シルバーの動《うご》きに気《き》づいたアメリア船長《せんちょう》が、ドップラー博士《はかせ》に指示《しじ》をだす。

「わたしが『いま』といったら、もやい綱《づな》を撃《う》って！　わたしは、あいつらをくいとめるから。」

博士《はかせ》はうなずいた。

一方《いっぽう》、ジムは、モーフを追《お》いつづけていた。その光景《こうけい》を目《め》にしたシルバーは、モーフを呼《よ》びよせようとして口笛《くちぶえ》を吹《ふ》いた。

「もどってこい、モーフ！」

「モーフ、こっちだよ！」

ジムもあわてて大声《おおごえ》をあげる。

モーフは二人《ふたり》を見《み》くらべた。どちらへ行《い》くべきかまよったすえに、何重《なんじゅう》もの輪《わ》になったロープの中《なか》につっこんだ。すぐさま、ジムとシルバーはそちらへかけだした。

一瞬《いっしゅん》、ジムのほうが早《はや》かった！

ジムは黄金《おうごん》の球《たま》をうばいかえすと、ボートのほうへ走《はし》りだした。

「いまよ！」

アメリア船長《せんちょう》の合図《あいず》と同時《どうじ》に、ドップラー博士《はかせ》は、もやい綱《づな》をねらって発砲《はっぽう》した。

こんどはうまく命中《めいちゅう》し、ボートが前《まえ》におしだされた。船長《せんちょう》はたてつづけに銃《じゅう》を発射《はっしゃ》して、海賊《かいぞく》たちの攻撃《こうげき》をかわした。

ジムはボートのほうへジャンプして、船《ふな》べりにつかまった。ドップラー博士《はかせ》がジムをボートの中《なか》にひきあげると、船長《せんちょう》は帆《ほ》をひろげた。やがて、ボートはレガシー号《ごう》からはなれ、宙《ちゅう》へ舞《ま》いあがっていった。

メルトダウンはレガシー号《ごう》の甲板《かんぱん》にかけあがると、ボートをねらってレーザー砲《ほう》を発砲《はっぽう》した。

「撃《う》て！　撃《う》て！　宝《たから》の地図《ちず》をうばうんだ！」

シルバーは手下《てした》たちをせかした。

レーザーボールがボートのわきをかすめて飛《と》んでいった。

「帆《ほ》をねらえ！」

シルバーはわめいた。

レーザーボールがボートの帆《ほ》に命中《めいちゅう》した。バランスを失《うしな》ったボートは、アメリア船長《せんちょう》、ジム、ドップラー博士《はかせ》を乗《の》せたまま、きりきり舞《ま》いしながら落《お》ちていく。その下《した》には、すでに間近《まぢか》に接近《せっきん》していたトレジャー・プラネットの深《ふか》い森《もり》が待《ま》ちうけていた。

13　トレジャー・プラネット〈宝《たから》の惑星《わくせい》〉

アメリア船長《せんちょう》は歯《は》ぎしりした。海賊《かいぞく》の発砲《はっぽう》したレーザーボールを肩口《かたぐち》にうけ、深《ふか》手《で》を負《お》っていた。しかし、船長《せんちょう》はボートをなんとかトレジャー・プラネットにぶじに着地《ちゃくち》させようとした。

ボートが深《ふか》い森《もり》の中《なか》に真上《まうえ》からつっこんでいくと、ドップラー博士《はかせ》は目《め》をつぶった。ボートが地面《じめん》にぶつかる瞬間《しゅんかん》、森《もり》の静《しず》けさがやぶられ、大《おお》きな衝撃音《しょうげきおん》がひびいた。ボートはばらばらになり、三人《にん》は地面《じめん》に投《な》げだされた。

ドップラー博士《はかせ》はうめきながら、がらくたの中《なか》からはいだした。

「この次《つぎ》、わたしが冒険《ぼうけん》の旅《たび》にでるといいだしたら、だれかひきとめてくれ。」

アメリア船長《せんちょう》は体《からだ》を起《お》こすと、くすくす笑《わら》った。

「かっこいい着地《ちゃくち》……とはいえないわね。」

いいおわったとたん、その場《ば》にたおれこんだ。

すぐさま、ジムとドップラー博士《はかせ》は船長《せんちょう》のもとへかけよった。

「心配《しんぱい》しないで。かすり傷《きず》を負《お》っただけ。お茶《ちゃ》を飲《の》めば、元気《げんき》になるわ。」

アメリア船長《せんちょう》は傷《きず》ついた肩《かた》をつかみ、顔《かお》をしかめた。それでも、つとめて冷静《れいせい》にふるまおうとした。

「ミスター・ホーキンス、地図《ちず》を見《み》せて。」

ジムはポケットに手《て》をつっこみ、黄金《おうごん》の球《たま》をとりだした。ところが、船長《せんちょう》に手《て》わたそうとした瞬間《しゅんかん》、黄金《おうごん》の球《たま》は溶《と》けてなくなってしまった！　ジムの手《て》には、黄金《おうごん》の球《たま》のかわりにモーフがすわっていた。

ジムは、ぎょっとした。

「モーフ？　地図《ちず》はどこなんだ？」

モーフは輪《わ》になったロープに変身《へんしん》してみせ、黄金《おうごん》の球《たま》をレガシー号《ごう》に残《のこ》してきたことを身《み》ぶりで示《しめ》した。

「冗談《じょうだん》だろ？　地図《ちず》はどこなんだ？」

ジムは、かっとしてつめよった。

そのとき、ボートの音《おと》がひびいてきた。

「二人《ふたり》ともしゃがんで。その小《ちい》さなあぶくも静《しず》かにさせて。だれかが来《き》たわ。」

船長《せんちょう》は指示《しじ》した。

海賊一味《かいぞくいちみ》を乗《の》せたボートが上空《じょうくう》にあらわれた。ボートが頭上《ずじょう》を通《とお》りすぎると、アメリア船長《せんちょう》は痛《いた》みに顔《かお》をゆがめながら起《お》きあがった。

「もっと安全《あんぜん》な場所《ばしょ》に避難《ひなん》しましょう。」

船長《せんちょう》は銃《じゅう》をジムに手《て》わたすと、

「ミスター・ホーキンス、避難《ひなん》できる場所《ばしょ》があるかどうか偵察《ていさつ》してきて。」

「はい、船長《せんちょう》。」

ジムは答《こた》えた。

ドップラー博士《はかせ》がその場《ば》に残《のこ》って船長《せんちょう》を介抱《かいほう》し、ジムは森《もり》に入《はい》っていった。モーフも宙《ちゅう》をふわふわ飛《と》びながら、ジムについていく。

深《ふか》いジャングルには、巨大《きょだい》なシダやキノコに似《に》た植物《しょくぶつ》がうっそうとしげっていた。ぶきみなくらい静《しず》まりかえっている。かすかな音《おと》もききのがすまいと、ジムは耳《みみ》をすました。

森《もり》の奥《おく》へと入《はい》る途中《とちゅう》、低木《ていぼく》がカサカサと音《おと》をたてた。ジムは後《うし》ろをふりかえった。人《ひと》や動物《どうぶつ》の気配《けはい》はなく、ほかに変《か》わったところもなかった。ジムはそのまますすみはじめる。

ふたたび、葉《は》ずれの音《おと》がひびいた。ジムは後《うし》ろをふりかえった。やはり何《なに》もない。

「シィーッ！」

ジムは顔《かお》のまわりで飛《と》びまわるモーフを静《しず》かにさせると、銃《じゅう》をかまえて低木《ていぼく》の枝《えだ》をかきわけた……その瞬間《しゅんかん》、巨大《きょだい》な二つの黄色《きいろ》い目《め》と鉢合《はちあ》わせした！

と、茂《しげ》みの中《なか》から何《なに》かがいきおいよくとびだしてきて、ジムを地面《じめん》におしたおした。そのままジムと重《かさ》なりあい、ごろごろところがっていく。動《うご》きが止《と》まったとき、ジムの体《からだ》はロボットにつかまれていた。望遠《ぼうえん》レンズ式《しき》の黄色《きいろ》い目《め》をもつ、古《ふる》ぼけたロボットだった。

「わおーっ！　すばらしい！　最高《さいこう》だ！　ついに人間《にんげん》がたすけに来《き》てくれた。」

ロボットはうれしそうにキーキー声《ごえ》をあげ、ジムを力《ちから》いっぱいだきしめた。

「ぼくからはなれろ！」

ジムはめいわくそうに顔《かお》をしかめ、ロボットをおしのけようとした。

「あっ、ごめん、ごめん！　ずっと一人《ひとり》ぼっちだったから、興奮《こうふん》しちゃったんだ。

百年《ねん》も一人《ひとり》ですごしていたら、頭《あたま》がへんにもなるよ！」

少《すこ》しおちついたところで、ロボットは自己紹介《じこしょうかい》しようとした。

「ぼくの名前《なまえ》は……。」

たちまち、つっかえた。名前《なまえ》を忘《わす》れてしまったのだ。

「そう、ベンだ！」

ロボットは、突然《とつぜん》、自分《じぶん》の名前《なまえ》を思《おも》いだした。

「バイオ・エレクトロニック・ナビを略《りゃく》して、ベン（BEN）。で、きみは？」

「ジム。」

「会《あ》えてうれしいよ、ジミー。」

ロボットのベンはジムの手《て》をとり、上下《じょうげ》に大《おお》きくふった。

「ぼくの名前《なまえ》はジム。」

ジムは訂正《ていせい》すると、

「いま、いそいでるんだ。かくれ場所《ばしょ》を探《さが》さなきゃ。海賊《かいぞく》に追《お》われて……。」

ベンはさえぎった。

「海賊《かいぞく》だって！　おどかさないでくれよ。海賊《かいぞく》はきらいだ！」

ジムはあきれて目《め》を白黒《しろくろ》させると、ロボットにかまわずすすみはじめた。背後《はいご》で、突然《とつぜん》、ベンが声《こえ》をあげた。

「そういえば、フリント船長《せんちょう》をおぼえてる。気《き》の短《みじか》い男《おとこ》だったなあ！」

ジムはU《ユー》ターンしてベンのところへひきかえすと、目《め》をかがやかせながらきいた。

「待《ま》って！　フリント船長《せんちょう》のこと、知《し》ってるのかい？」

「たしか、かんしゃくもちだったよ。ぼくはセラピストじゃないけど、彼《かれ》は……。」

ジムはさえぎった。

「……宝物《たからもの》のことも知《し》ってるんだね？」

ベンは、ぽかんとしてジムを見《み》た。

「フリントが略奪《りゃくだつ》した財宝《ざいほう》のことさ。」

ジムは説明《せつめい》した。

「記憶《きおく》があいまいなんだ。」

ロボットのベンは自分《じぶん》の頭《あたま》をつかんで、必死《ひっし》に考《かんが》えようとした。

「待《ま》って！　思《おも》いだしたよ。機械装置《きかいそうち》の中心部《ちゅうしんぶ》に……莫大《ばくだい》な財宝《ざいほう》が埋《う》められてる。そこには大《おお》きな入《い》り口《ぐち》があって、ひらいたり、しまったり……。」

注意《ちゅうい》を集中《しゅうちゅう》するにつれて、ベンの体《からだ》はぴくっと動《うご》いたり、ひきつったりしはじめる。記憶《きおく》をつめこみすぎて、パンク寸前《すんぜん》なのだ。

「……ひらいたり、しまったり……それに、フリント船長《せんちょう》は、自分《じぶん》の宝《たから》を永久《えいきゅう》にぬすまれないように、何《なに》かのしかけをしたはずだ。ぼくが手伝《てつだ》って……手伝《てつだ》って……。」

突然《とつぜん》、ベンの頭《あたま》から火花《ひばな》がバチバチと音《おと》をたてながらとびちった。

「データバンクへのアクセス不能《ふのう》！　再起動《さいきどう》！　再起動《さいきどう》！」

ベンは、かん高《だか》いキーキー声《ごえ》でさけんだ。

ジムは、ベンの頭《あたま》を思《おも》いきりたたいた。

急《きゅう》に、ベンは静《しず》かになった。あたりを見《み》まわし、それからジムに目《め》をやると、

「きみは……？」

「待《ま》て！　待《ま》て！　宝《たから》のことは？　あれはどうなってるんだ？」

ジムは問《と》いつめた。

「残念《ざんねん》だが、記憶《きおく》の回路《かいろ》がとぎれてる。肝心《かんじん》な部分《ぶぶん》の記憶《きおく》がないんだよ。」

ベンはジムの顔《かお》をまじまじと見《み》ながら、いきなりたずねた。

「きみ、まさか見《み》つけちゃいないよね？」

「なんだって？」

ジムはあっけにとられた。

「記憶《きおく》の断片《だんぺん》さ。なくなったんだ。」

ベンは自分《じぶん》の頭《あたま》を指《ゆび》さし、後《うし》ろをむいた。後頭部《こうとうぶ》が、部品《ぶひん》の一部《いちぶ》をもぎとったように、奇妙《きみょう》な形《かたち》に欠《か》けている。

ジムはがっかりした。このロボットの記憶《きおく》は、あてにならないのだ。

「ねえ、ベン、ぼくはほんとに、かくれる場所《ばしょ》を探《さが》さなきゃいけないんだ。だから、もう行《い》くよ。」

「じゃ、もうお別《わか》れなんだね。」

ベンはしょんぼりしてうなだれると、向《む》きを変《か》えてとぼとぼと歩《ある》きだした。

ジムは、やましそうな表情《ひょうじょう》でちらっとモーフを見《み》た。それからため息《いき》をつくと、ロボットに呼《よ》びかけた。

「ベン、ぼくたちといっしょに来《く》るなら、そのおしゃべりな口《くち》にふたをしなきゃだめだよ。」

ベンの顔《かお》が、ぱっとかがやいた。

「わおーっ、すばらしい！　きみはぼくの親友《しんゆう》だ！　この百年《ねん》……ごめん、静《しず》かにするよ。」

ジムのうんざりした表情《ひょうじょう》を見《み》て、ベンはおどおどとあやまった。

「じゃ、行《い》こう。早《はや》く……。」

「大捜索《だいそうさく》にでかける前《まえ》に、ぼくの家《いえ》でひと休《やす》みしないか？」

ベンは、こんもりとしげった木《き》の枝《えだ》をかきわけた。木《き》の向《む》こう側《がわ》には、草《くさ》におおわれた空《あ》き地《ち》がひろがっていた。空《あ》き地《ち》の中央《ちゅうおう》には、くずれた古《ふる》い塔《とう》が立《た》っている。

ジムはほほえんだ。

「ベン、きみのおかげで、ぼくの問題《もんだい》は解決《かいけつ》したよ。」

その塔《とう》は、かくれ場所《ばしょ》としてうってつけだった。

14　失《うしな》われた信頼《しんらい》

ドップラー博士《はかせ》とアメリア船長《せんちょう》は、ジムの案内《あんない》でベンの空《あ》き地《ち》に到着《とうちゃく》した。ジムが塔《とう》の扉《とびら》をあけると、博士《はかせ》は傷《きず》ついた船長《せんちょう》をだきかかえ、中《なか》に入《はい》っていった。それから、そっと船長《せんちょう》をおろして、床《ゆか》に横《よこ》たえる。

ベンは、ドップラー博士《はかせ》とアメリア船長《せんちょう》を夫婦《ふうふ》とまちがえた。

「夫《おっと》が妻《つま》をやさしくかばう……感動的《かんどうてき》なシーンだね。ご夫婦《ふうふ》のために飲《の》み物《もの》でもどうかな？」

ベンは機械油《きかいあぶら》をカップに入《い》れて運《はこ》んできた。

「いや、飲《の》み物《もの》はけっこうだ。それに、わたしたちは夫婦《ふうふ》じゃない。」

ドップラー博士《はかせ》は答《こた》えてから、塔《とう》の壁《かべ》を見《み》まわした。そしていきなり、興奮《こうふん》ぎみに声《こえ》をあげた。

「見《み》ろ！　このマークは地図《ちず》にのってたぞ！　おそらく、古代文明《こだいぶんめい》の象形文字《しょうけいもじ》の一《いち》部《ぶ》だろう。」

だが、アメリア船長《せんちょう》の関心《かんしん》は海賊《かいぞく》のほうに集中《しゅうちゅう》していた。

「ミスター・ホーキンス、ここに近《ちか》づいてくる者《もの》がいれば、だれであろうと追《お》いかえしてちょうだい。」

痛《いた》みに顔《かお》をしかめながら命令《めいれい》する。

ドップラー博士《はかせ》はアメリア船長《せんちょう》のかたわらにひざまずき、自分《じぶん》の上着《うわぎ》をまるめて船長《せんちょう》の頭《あたま》の下《した》にしいた。

「命令《めいれい》するのはやめなさい。少《すこ》しのあいだ、おとなしく休《やす》んでることだ！」

アメリア船長《せんちょう》は力《ちから》なくほほえんだ。

ちょうどそのとき、ベンが窓《まど》の外《そと》に目《め》をむけた。

「あっ、きみたちの仲間《なかま》がやってきたぞ！」

いうが早《はや》いか、塔《とう》の窓《まど》から顔《かお》をつきだし、大声《おおごえ》で呼《よ》びかける。

「おーい！　みんなはここだ！」

ベンの声《こえ》をきき、海賊《かいぞく》たちは発砲《はっぽう》しながら塔《とう》に近《ちか》づいてきた。

ジムはすばやくベンをおしのけると、反撃《はんげき》を開始《かいし》した。

「やあ、そこにいたのか！」

シルバーのどら声《ごえ》がひびいた。

ジムは壁《かべ》のかげから外《そと》をのぞいた。シルバーが空《あ》き地《ち》に立《た》って白旗《しろはた》をふっているのが見《み》える。

「ジンボー、船長《せんちょう》の許《ゆる》しさえもらえれば、ちょっとおまえと話《はな》したいんだ。何《なん》のたくらみも、ごまかしもなしだ。」

シルバーはきっぱりといった。

ジムはアメリア船長《せんちょう》を見《み》た。

船長《せんちょう》は反対《はんたい》のしるしに首《くび》をふると、

「地図《ちず》を手《て》に入《い》れるために取引《とりひき》するつもりなのよ。まちがいない……。」

激痛《げきつう》におそわれて、船長《せんちょう》は口《くち》をつぐんだ。

しかし、ジムの表情《ひょうじょう》は明《あか》るくなった。

「シルバーは、いまもぼくが地図《ちず》を持《も》ってると思《おも》いこんでるんだ！」

はずんだ声《こえ》でいうと、すぐさま塔《とう》をでて、シルバーのほうへかけていった。モーフもあとを追《お》う。

「おう、モーフ、どこへ行《い》ったのかと思《おも》えば。」

シルバーがペットにやさしく話《はな》しかける。モーフはシルバーの顔《かお》に小《ちい》さな体《からだ》をこすりつけ、うれしそうにあまえた。

シルバーは岩《いわ》に腰《こし》をおろすと、金属製《きんぞくせい》の右足《みぎあし》を楽《らく》な形《かたち》に調節《ちょうせつ》した。

「おまえと鬼《おに》ごっこをして以来《いらい》、どうも調子《ちょうし》が悪《わる》くてな。」

いいながらジムにウインクする。ジムは無表情《むひょうじょう》のまま、シルバーを見《み》かえした。

「あのとき、調理室《ちょうりしつ》で何《なに》をきいたにしても、おまえにかかわる部分《ぶぶん》は本気《ほんき》でいったわけじゃない。おれがやわになったとわかれば、あの血《ち》に飢《う》えた連中《れんちゅう》は、おまえもおれも殺《ころ》していたよ。」

そこまでいって、ジムのほうへ身《み》をのりだすと、

「方法《ほうほう》さえまちがわなけりゃ、二人《ふたり》とも王《おう》さまのように大金持《おおがねも》ちになれるんだ。」

「そうかな?」

ジムは警戒《けいかい》ぎみにいった。

「地図《ちず》をおれにわたせ。財宝《ざいほう》を二人《ふたり》で山分《やまわ》けしよう。」

シルバーは笑《わら》いながら、右手《みぎて》をさしだした。

ジムは皮肉《ひにく》たっぷりに笑《わら》った。

「シルバー、あんたって、根《ね》っからの悪《わる》だ！　船《ふね》の中《なか》では、ぼくをはげまし、元気《げんき》づけてくれたと思《おも》ったけど、あのことばも全部《ぜんぶ》うそっぱちだったんだね！」

シルバーの笑《え》みが消《き》え、一瞬《いっしゅん》、やましそうな表情《ひょうじょう》がよぎった。

「おい、ちょっと待《ま》て。それは……。」

「前《まえ》に、あんたはこういったよね。『とことんがんばれ』って。だから、とことんがんばることにする。宝《たから》は絶対《ぜったい》に、あんたにわたさないからね！」

シルバーの顔《かお》が怒《いか》りの表情《ひょうじょう》に変《か》わった。

「あの宝《たから》は、おれのものだ！」

「だったら、地図《ちず》なしで宝《たから》を見《み》つけてみろ！」

ジムはいいかえした。

シルバーは岩《いわ》から腰《こし》をあげると、ジムを威圧《いあつ》するように見《み》おろした。

「あいかわらず、おまえは戦《たたか》い方《かた》を知《し》らんな。おれのやり方《かた》をよく見《み》てろ。あの宝《たから》の地図《ちず》を明日《あす》の夜明《よあ》けまでにわたせ。さもないと、レーザー砲《ほう》をぶっ放《ぱな》して、おまえたち全員《ぜんいん》をあの世《よ》へ送《おく》ってやる！」

シルバーはおそろしい形相《ぎょうそう》でおどしつけた。ペットのモーフさえおびえて、ジムのほうへ逃《に》げだしたほどだった。

「モーフ、ここへ飛《と》んでこい！」

シルバーは命令《めいれい》し、自分《じぶん》の肩《かた》を指《ゆび》さした。しかし、モーフはジムのそばをはなれようとしない。

「早《はや》く！」

レーザーを埋《う》めこんだシルバーの右目《みぎめ》が、怒《いか》りで赤《あか》くかがやいた。

モーフは身《み》をすくめ、ジムの後《うし》ろにかくれてしまった。

シルバーはあきらめたように手《て》をふると、ジムに背《せ》をむけてひきかえしはじめた。

だが、数歩《すうほ》すすんだところで、肩《かた》ごしにジムとモーフをふりかえった。

これまで長《なが》い人生《じんせい》を生《い》きてきたシルバーだが、親友《しんゆう》と呼《よ》べる者《もの》などいなかったし、ほしいとも思《おも》わなかった。だが、自分《じぶん》を信《しん》じ、たよってくれるモーフとジムに対《たい》しては、愛情《あいじょう》にも似《に》た親《した》しみを抱《いだ》いてきた。実《じつ》の息子《むすこ》のように感《かん》じたことさえあった。その大切《たいせつ》な仲間《なかま》を一度《ど》に失《うしな》ってしまったのだ。シルバーの胸《むね》はしめつけられた。

15　秘密《ひみつ》の地下通路《ちかつうろ》

ベンの塔《とう》にもどったジムは、ドップラー博士《はかせ》とアメリア船長《せんちょう》にシルバーとの会話《かいわ》の内容《ないよう》を報告《ほうこく》した。

「わたしたちは決《けっ》してはなれず、いつもいっしょに行動《こうどう》しましょう。」

アメリア船長《せんちょう》は、なかば意識《いしき》もうろうとした状態《じょうたい》でつぶやいた。

「それに……それに……。」

しだいに、まぶたが重《おも》くなった。

「それに、何《なん》だね？」

ドップラー博士《はかせ》が、せきこむようにたずねた。

アメリア船長《せんちょう》は、目《め》をあけて博士《はかせ》を見《み》つめた。

「ドクター……あなたの目《め》……すてきね……。」

「彼女《かのじょ》は正気《しょうき》を失《うしな》ってる！」

博士《はかせ》はさけんだ。

「ドクターが介抱《かいほう》して治《なお》せばいい。」

ジムがいった。

「何《なに》をいう、ジム！　わたしは宇宙物理学者《うちゅうぶつりがくしゃ》だ。ドクターじゃない……いや、ドクターにはちがいないが、博士号《はくしごう》をもってるだけで、医者《いしゃ》じゃない。博士号《はくしごう》じゃ、人《ひと》助《だす》けはできん！　じっとすわってるだけじゃ、役《やく》たたずなんだよ！」

ドップラー博士《はかせ》は無力《むりょく》な自分《じぶん》に腹《はら》をたて、頭《あたま》をかかえこんだ。

ジムは博士《はかせ》の肩《かた》に手《て》をかけて、おちつかせようとした。

「だいじょうぶだって、ドクター。あんまり深刻《しんこく》に考《かんが》えないほうがいいよ。」

「そうさ、ドクター。苦《くる》しい状況《じょうきょう》を切《き》りぬける方法《ほうほう》は、ジミーが知《し》ってるよ。」

ロボットのベンが調子《ちょうし》を合《あ》わせた。それからジムのほうへ顔《かお》をよせ、声《こえ》を落《お》として問《と》いかけた。

「何《なに》か方法《ほうほう》を考《かんが》えてるかい？」

ジムは首《くび》をふった。

「地図《ちず》がないと、ぼくたちは殺《ころ》されてしまう！　逃《に》げようとしても、殺《ころ》される！　ここにじっとしてたら……。」

「殺《ころ》される！　殺《ころ》される！」

モーフがジムの口《くち》まねをした。

ジムは窓《まど》の外《そと》に目《め》をやり、夕日《ゆうひ》をながめた。

ベンはそわそわしはじめた。

「少《すこ》しのあいだ、ジミーは静《しず》かにすごしたいらしい。ぼくは裏口《うらぐち》からぬけて……。」

「裏口《うらぐち》？」

ジムは後《うし》ろをふりかえった。ベンは床《ゆか》で金属《きんぞく》の球《たま》を回転《かいてん》させている。

「ああ、ここをあければ、風《かぜ》が入《はい》ってくる。」

すぐさま、ジムはベンのかたわらに行《い》って手伝《てつだ》った。通風孔《つうふうこう》から涼《すず》しい風《かぜ》が入《はい》ってくる。ジムは穴《あな》をのぞいたとたん、目《め》をみはった。そこには巨大《きょだい》な地下《ちか》の空間《くうかん》が広《ひろ》がっていて、さまざまな機械装置《きかいそうち》が網《あみ》の目《め》のように配置《はいち》されているではないか！

「あの機械《きかい》は何《なん》だい？」

ジムはたずねた。

ベンは肩《かた》をすくめた。

「この惑星《わくせい》の地下全体《ちかぜんたい》に、機械装置《きかいそうち》がずらずらとつづいてるんだ。」

「ドクター、ここから脱出《だっしゅつ》できそうだよ！」

ジムの声《こえ》がはずんだ。

「だめだ、ジム、待《ま》て！　勝手《かって》に動《うご》くな！　船長《せんちょう》の命令《めいれい》だぞ！」

ドップラー博士《はかせ》はひきとめようとした。

だが、ジムはすでに心《こころ》を決《き》めていた。

「かならずもどってくるよ！」

そういうと、通風孔《つうふうこう》をつたって地下《ちか》におりていった。モーフがあとを追《お》う。ベンも博士《はかせ》に手《て》をふると、ジムとモーフにつづいて穴《あな》にとびおりた。

ドップラー博士《はかせ》は首《くび》をふり、ため息《いき》をついた。


地下通路《ちかつうろ》の反対側《はんたいがわ》の出口《でぐち》は、低木《ていぼく》とつる植物《しょくぶつ》におおわれた大《おお》きな金属《きんぞく》のふたでふさがれていた。

ジムはふたをそっとおしあけて、外《そと》をのぞいてみた。少《すこ》しはなれた場所《ばしょ》に、海賊《かいぞく》たちの姿《すがた》があった。シルバー、ターンバックル、バードブレイン・メアリー、メルトダウン……。めいめいがたき火《び》のまわりに横《よこ》になり、いびきをかいて眠《ねむ》っている。

ジムはふたをあけて穴《あな》の外《そと》にでた。しのび足《あし》で二、三歩《ぽ》すすんだとき、突然《とつぜん》ベンがジムの前《まえ》にまわり、やかましいキーキー声《ごえ》で話《はな》しかけた。

「で、どうするつもりなんだ？」

ジムはぎょっとして、とびあがりそうになった。

「シィーッ！　ベン！　静《しず》かに！」

あわててベンの口《くち》を手《て》でふさぐ。

シルバーは体《からだ》をもぞもぞと動《うご》かしたが、さいわい、目《め》はさまさなかった。

「これからレガシー号《ごう》にひきかえし、レーザー砲《ほう》を使《つか》えないようにする。それから、地図《ちず》を持《も》ち帰《かえ》るのさ！」

ジムはささやいた。

ベンはジムに口《くち》をふさがれたまま、もごもごといった。

「そいつは名案《めいあん》だ。でも、どうやってひきかえすんだ？」

ジムはほほえむと、

「あれだよ。」

小声《こごえ》でいって、海賊《かいぞく》たちのボートを指《ゆび》さした。

ボートは、近《ちか》くの木《き》にロープでつながれていた。

16　もどった黄金《おうごん》の球《たま》

ジムとモーフとベンは海賊《かいぞく》たちのボートを使《つか》い、首尾《しゅび》よくレガシー号《ごう》にひきかえした。海賊《かいぞく》のだれかが船《ふね》に残《のこ》っているかもしれない。まず、手《て》すりごしに甲板《かんぱん》をのぞくと、人影《ひとかげ》がないことを確認《かくにん》してから手《て》すりをまたぎ、レガシー号《ごう》に乗《の》りこんだ。

ベンが手《て》すりをこえて甲板《かんぱん》におりた拍子《ひょうし》に、金属《きんぞく》の長《なが》い手足《てあし》がガチャガチャと音《おと》をたてた。

「シィーッ！」

ジムが小声《こごえ》で注意《ちゅうい》する。

「おっと、すまない。」

ジムはベンとモーフをしたがえて、下《した》の甲板《かんぱん》に通《つう》じる階段《かいだん》をおりていった。

「ぼくは地図《ちず》をとってくる。きみはここで待《ま》ってろ。」

「オーケー、ジミー！　じゃ、ぼくはレーザー砲《ほう》の回線《かいせん》を切《き》る。」

ジムがひきとめるまもなく、ベンは陽気《ようき》にうたいながら配線盤《はいせんばん》を探《さが》しに行《い》った。

ジムは格納庫《かくのうこ》にかけこみ、輪《わ》になったロープを見《み》つけだした。黄金《おうごん》の球《たま》は、ロープの中《なか》に埋《う》もれたままだった。

「あった！」

ジムはほっとしてさけび、球《たま》をつかんだ。

そのころ、ベンも機関室《きかんしつ》で配線盤《はいせんばん》を見《み》つけていた。

「レーザー砲《ほう》の回線《かいせん》ぐらい、ちょろいもんさ。ワイヤを一本《ぽん》切《き》ればすむことだ。」

ひとりごとをつぶやきながら、配線盤《はいせんばん》のふたをあけ、一瞬《いっしゅん》、あっけにとられた顔《かお》をした。ワイヤが一本《ぽん》だって？　それどころか、色《いろ》とりどりのワイヤが複雑《ふくざつ》にからみあっている。百年前《ねんまえ》の宇宙船《うちゅうせん》とは大《おお》ちがいだ。

ベンは適当《てきとう》にワイヤを選《えら》んで切《き》った。船内《せんない》にサイレンがひびきわたった。

「どじなロボット。」

ひとりごとをいうと、ベンは切《き》ったワイヤをつなぎなおし、配線盤《はいせんばん》の中《なか》をおしたりついたりしながら、レーザー砲《ほう》のワイヤを見《み》つけようとした。

サイレンの音《おと》はジムの耳《みみ》にも入《はい》っていた。ジムはあわててベンをさがしはじめた。

「あのまぬけなロボットのせいで、みんなが殺《ころ》されてしまう！」

ジムはモーフに話《はな》しかけ、通路《つうろ》をかけだした。

と、いきなりスクループがおどりでてきて、ジムの行《ゆ》く手《て》をふさいだ。

「雑用係《ざつようがかり》の小僧《こぞう》め、何《なに》しに来《き》た。」

スクループはうなった。

ジムはU《ユー》ターンして一目散《いちもくさん》に逃《に》げだした。すぐさま、スクループが追《お》ってくる。

ジムは走《はし》りながら、樽《たる》を次々《つぎつぎ》に通路《つうろ》にころがし、スクループの通《とお》り道《みち》をふさごうとした。

だが、スクループは、クモのような長《なが》い足《あし》で天井《てんじょう》をはいながら追《お》ってきた。そしてジムに追《お》いつき、おどりかかろうとした瞬間《しゅんかん》、モーフがパイに変身《へんしん》してスクループの顔《かお》を直撃《ちょくげき》した。

スクループは歯《は》をむいてうなり、モーフをひきはがしてほうり投《な》げた。そしてまた、ジムを追《お》いはじめる。

ジムは通路《つうろ》の角《かど》をまがると、銃《じゅう》をとりだし、スクループに銃口《じゅうこう》をむけた。その瞬《しゅん》間《かん》、明《あ》かりが消《き》えた！　配線盤《はいせんばん》と格闘《かくとう》するベンが、別《べつ》のワイヤを切《き》ったのだ。

非常用《ひじょうよう》のライトがともり、室内《しつない》を赤《あか》いぶきみな色《いろ》で照《て》らしだした。スクループはいなくなっていた！　ジムは前後《ぜんご》、左右《さゆう》、上下《じょうげ》に目《め》をこらし、スクループをさがそうとした。

ジムは銃《じゅう》をかまえたまま、慎重《しんちょう》にそろそろと通路《つうろ》をすすみはじめた。スクループは背後《はいご》に身《み》をひそめ、ジムにおそいかかろうとしていた。しかし、スクループに気《き》づいたモーフがさけび声《ごえ》をあげた。

ジムは、さっと後《うし》ろをふりかえった。そのとたん、ドスン！　スクループがジムにとびかかり、床《ゆか》におしたおした。はずみで、ジムの手《て》から銃《じゅう》がはなれた。スクループはジムにのしかかり、するどいかぎ爪《づめ》でのどをしめあげようとした。

次《つぎ》の瞬間《しゅんかん》、ジムとスクループの体《からだ》が宙《ちゅう》に浮《う》いた！　またもや、ベンがワイヤをまちがえ、人工重力用《じんこうじゅうりょくよう》のワイヤにはさみを入《い》れたのだ。

ジムとスクループの体《からだ》は、ふわふわただよいながら甲板《かんぱん》まであがっていった。スクループはメインマストをつかんだ。そして長《なが》い腕《うで》をふりまわし、ジムの体《からだ》をなぐりつけた。

ジムの体《からだ》は宙《ちゅう》をとんだ。宇宙空間《うちゅうくうかん》に投《な》げだされる寸前《すんぜん》、マストのてっぺんではためいている海賊《かいぞく》の旗《はた》をなんとかつかんだ。

スクループもマストをよじのぼってきた。海賊《かいぞく》の旗《はた》をささえるロープを途中《とちゅう》まで切《き》ったところで、やおらジムにとびかかり、とどめの一撃《いちげき》をくらわそうとした。その寸前《すんぜん》、ジムは旗《はた》をはなしてジャンプすると、かろうじてマストにしがみついた。目標《もくひょう》を失《うしな》ったスクループはバランスを失《うしな》い、マストから落《お》ちそうになった。とっさに海賊《かいぞく》の旗《はた》をつかんで体《からだ》をささえる。しかし、プツン！　切《き》れかかっていたロープが真《ま》っ二《ぷた》つになった。

スクループは海賊《かいぞく》の旗《はた》をつかんだまま、恐怖《きょうふ》のさけび声《ごえ》をあげながら暗《くら》い宇宙空《うちゅうくう》間《かん》へ落《お》ちていった。

一方《いっぽう》、機関室《きかんしつ》では、ベンがようやく人工重力《じんこうじゅうりょく》につながるワイヤを接続《せつぞく》しなおしたところだった。とたんに、ジムは甲板《かんぱん》にころげ落《お》ちた。

それからまもなく、ベンが得意《とくい》そうな顔《かお》をして機関室《きかんしつ》からあらわれた。

「レーザー砲《ほう》の回線《かいせん》は切《き》ったよ、キャプテン・ジミー。なんてことなかった。ちょろいもんさ。」

ジムは打《う》ち身《み》だらけになった体《からだ》を起《お》こすと、笑《わら》いながら手《て》をさしだした。その手《て》には黄金《おうごん》の球《たま》がしっかりとにぎられていた。

17　宝《たから》に通《つう》じる道《みち》

ジムとベンとモーフが塔《とう》にもどったとき、部屋《へや》の明《あ》かりは消《き》えていた。ジムは暗《くら》がりに目《め》をこらし、壁《かべ》ぎわにもたれて眠《ねむ》っている人影《ひとかげ》にかけよった。

「ドクター、目《め》をさまして！　地図《ちず》をとりもどしたよ！」

ジムは黄金《おうごん》の球《たま》をさしだした。

しかし、さしだされた球《たま》をつかんだのは、ドクターの手《て》ではなかった。金属製《きんぞくせい》の手《て》だった！

「でかしたぞ、ジンボー！」

シルバーが暗《くら》がりからでてきた。

ジムはすばやく周囲《しゅうい》を見《み》まわした。ドップラー博士《はかせ》とアメリア船長《せんちょう》は、ロープでしばられ、さるぐつわをされていた。ジムは二人《ふたり》のほうへかけよろうとした。

だが、オーナス、ターンバックル、バードブレイン・メアリー、そしてほかの海《かい》賊《ぞく》たちがジムをかこんだ。

「ありがとうよ、坊《ぼう》や。おかげで、塔《とう》への入《い》り口《ぐち》がわかったぜ。」

ターンバックルが鼻《はな》を鳴《な》らしながらいった。

ジムは、がくぜんとした。海賊一味《かいぞくいちみ》は、眠《ねむ》っているふりをしていただけなのだ！

とっさに、ジムは逃《に》げようとした。しかし、たちまち海賊《かいぞく》たちにとりおさえられた。

モーフが飛《と》んできて、メルトダウンのうろこにおおわれたしっぽにかみついた。

メルトダウンはしっぽをふりまわし、モーフの小《ちい》さな体《からだ》をふりはらった。モーフはべそをかきながら、ジムの上着《うわぎ》のポケットにもぐりこんでしまった。

ベンはどさくさにまぎれて、通風孔《つうふうこう》から逃《に》げだそうとした。だが、やはり海賊《かいぞく》の一人《ひとり》につかまり、短剣《たんけん》でおどされるはめになった。

シルバーは、黄金《おうごん》の球《たま》をジムの手《て》におしつけた。

「地図《ちず》をひらけ！」

ジムはサイボーグをにらみつけた。

シルバーもにらみかえし、右手《みぎて》をピストルに変《か》えた。

ジムはドップラー博士《はかせ》とアメリア船長《せんちょう》を見《み》た。博士《はかせ》はうなずき、船長《せんちょう》は顔《かお》をしかめて首《くび》をふった。ジムはまよったすえに、球《たま》の表面《ひょうめん》にすばやく指《ゆび》を走《はし》らせ、地図《ちず》をひらいた。

トレジャー・プラネットのグリーンにかがやく立体地図《りったいちず》があらわれた。やがて地《ち》図上《ずじょう》に、らせん状《じょう》の道《みち》が示《しめ》された。その道《みち》は地平線《ちへいせん》までつづいている。シルバーはうれしそうにくすくす笑《わら》った。

「小僧《こぞう》をしばれ。」

シルバーはジムを指《ゆび》さした。

と、ふいに道《みち》が消《き》えて、部屋《へや》が暗《くら》くなった。

「何《なん》だ？」

シルバーはぎょっとして目《め》をむき、ジムを見《み》た。黄金《おうごん》の球《たま》はジムの手《て》ににぎられている。途中《とちゅう》で地図《ちず》をとじたのだ。

「地図《ちず》がほしけりゃ、ぼくを連《つ》れていくことだ。」

ジムはいった。海賊《かいぞく》たちは、黄金《おうごん》の球《たま》を操作《そうさ》して地図《ちず》をひきだす方法《ほうほう》をまだ知《し》らない。ジムはすばやく頭《あたま》を働《はたら》かせ、このチャンスにかけることにした。

シルバーはしばらく考《かんが》えたのち、にんまりしながら手下《てした》たちに告《つ》げた。

「よかろう。ついでに、ほかの二人《ふたり》も連《つ》れていく。」

18　三角形《さんかくけい》の入《い》り口《ぐち》

海賊一味《かいぞくいちみ》は人質《ひとじち》をつれてボートに乗《の》りこむと、地図《ちず》にあらわれた道《みち》をめざしてすすみはじめた。ジムが手《て》にした黄金《おうごん》の球《たま》が空中《くうちゅう》に立体地図《りったいちず》を描《えが》きだし、一行《いっこう》をみちびいた。道《みち》のはじまる地点《ちてん》に到着《とうちゃく》するころには、すっかり夜《よ》が明《あ》け、太陽《たいよう》が顔《かお》をだしていた。

ドップラー博士《はかせ》とアメリア船長《せんちょう》は、しばられたまま、見張《みは》り役《やく》の海賊《かいぞく》とともにボートに残《のこ》された。ジム、シルバー、そしてほかの海賊《かいぞく》たちは、ボートからおりて歩《ある》いて道《みち》をすすむことになる。

おびえるモーフは、ジムのポケットに入《はい》ったままだった。ロボットのベンはジムにしがみついていた。

道《みち》は深《ふか》い森《もり》までつづいていた。

「目的地《もくてきち》はもうすぐだ！　宝《たから》がおれを待《ま》っている！」

シルバーは目《め》をぎらつかせながらいった。

海賊《かいぞく》たちは、行《ゆ》く手《て》をふさぐ木《き》の枝《えだ》や草《くさ》を、剣《けん》で切《き》りたおしながらすすんでいく。森《もり》からでたとき、一行《いっこう》の前《まえ》にあらわれたのは岩《いわ》だらけの崖《がけ》だった。道《みち》はそこでとぎれているではないか！

突然《とつぜん》、立体地図《りったいちず》が空中《くうちゅう》でぐるぐるとまわりはじめた。やがて、うずまく画像《がぞう》は黄《おう》金《ごん》の球《たま》の中《なか》に吸《す》いこまれていった。

「どうなってるんだ、ジンボー？」

シルバーが腹《はら》だたしげに問《と》いつめた。

ジムは黄金《おうごん》の球《たま》に指《ゆび》を走《はし》らせた。だが、なぜか地図《ちず》はひらかなかった。

「ふたがあかないんだ！」

「こんな小僧《こぞう》の話《はなし》なんか信《しん》じるんじゃなかった。」

バードブレイン・メアリーがジムをつきとばした。

ほかの海賊《かいぞく》たちもジムをかこんだ。

「崖《がけ》から落《お》とせ！」

オーナスがわめいた。

そのときジムは、岩《いわ》だらけの崖《がけ》に何《なに》かのもようが彫刻《ちょうこく》されていることに気《き》がついた。黄金《おうごん》の球《たま》の表面《ひょうめん》に入《はい》っているマークと同《おな》じだ！　もようの中央《ちゅうおう》には、まるい小《ち》さな穴《あな》がある。穴《あな》のサイズは球《たま》の直径《ちょっけい》と一致《いっち》する！

ジムは黄金《おうごん》の球《たま》を穴《あな》にはめこんだ。ぴたりとはまった瞬間《しゅんかん》、岩《いわ》に彫《ほ》られたもようがかがやきはじめた。そして突然《とつぜん》、三次元《じげん》の立体地図《りったいちず》が岩《いわ》からでてきて、空中《くうちゅう》でただよいはじめた。

ジムはそろそろと手《て》をのばし、立体地図《りったいちず》にふれようとした。

が、ジムの指《ゆび》がふれる前《まえ》に、地面《じめん》がゴロゴロと鳴《な》りだした。オレンジ色《いろ》にかがやくエネルギー光線《こうせん》が球《たま》からでてきて、谷底《たにぞこ》にそそがれた。やがて、光線《こうせん》は天《てん》にむかってまっすぐのびていく。その直後《ちょくご》、目《め》がくらむばかりの閃光《せんこう》が放《はな》たれた。と、高《たか》さ三十メートルの三角形《さんかくけい》の入《い》り口《ぐち》が空中《くうちゅう》に出現《しゅつげん》した!

海賊一味《かいぞくいちみ》は息《いき》をのんだ。

ジムは、目前《もくぜん》にあらわれた三角形《さんかくけい》の入《い》り口《ぐち》に視線《しせん》をそそいだ。入《い》り口《ぐち》の向《む》こう側《がわ》に、うずまく星雲《せいうん》が見《み》える。

「ラグーン星雲《せいうん》?」

ジムはつぶやいた。

「まさか! ラグーン星雲《せいうん》は銀河系《ぎんがけい》の真《ま》ん中《なか》だぞ!」

シルバーがさけんだ。

ジムは目《め》の前《まえ》をただよっているグリーンの立体地図《りったいちず》を見《み》つめ、その中心部《ちゅうしんぶ》の印《しるし》にそっと指《ゆび》をふれた。ふたたび、三角形《さんかくけい》の入《い》り口《ぐち》がぴかっと光《ひか》り、都市《とし》の風景《ふうけい》があらわれた。つづいて、別《べつ》の印《しるし》に指《ゆび》をあてた。こんどは、赤茶《あかちゃ》けた砂漠《さばく》が出現《しゅつげん》した。

「大《おお》きな入《い》り口《ぐち》がひらいたり、しまったり……。」

ジムは、ベンが口《くち》にしていたことばを声《こえ》にだした。ふとアイディアがひらめいた。

「クレセンティア宇宙港《うちゅうこう》。」

そうつぶやいて、三日月形《みかづきがた》の印《しるし》に指《ゆび》をふれた。すると、見《み》おぼえのある巨大《きょだい》な宇《う》宙港《ちゅうこう》があらわれた。レガシー号《ごう》に乗船《じょうせん》するときに利用《りよう》した港《みなと》だ。

「フリントの作戦《さくせん》がわかったぞ！　彼《かれ》はこの立体地図《りったいちず》を使《つか》って、宇宙《うちゅう》のさまざまな星《ほし》をめぐりながら宝《たから》を略奪《りゃくだつ》したんだ！」

「だが、ぬすんだ宝《たから》をどこにかくした？　莫大《ばくだい》な宝《たから》はどこにあるんだ？」

シルバーは問《と》いつめた。いらだたしげにジムをおしのけると、自分《じぶん》で次々《つぎつぎ》に印《しるし》にふれはじめる。そのたびに閃光《せんこう》がひらめき、異《こと》なる星《ほし》があらわれた。

ベンは頭《あたま》をかかえこみ、記憶《きおく》をとりもどそうとした。

「宝《たから》は……埋《う》められた……。」

「宝《たから》は機械装置《きかいそうち》の真《ま》ん中《なか》に埋《う》められた！」

ジムは、ベンの欠《か》けた記憶《きおく》を補足《ほそく》した。〝トレジャー・プラネットの地下全体《ちかぜんたい》に、機械装置《きかいそうち》がずらずらとつらなっている〟——ベンは、たしかこうもいっていた。

「この惑星全体《わくせいぜんたい》が機械装置《きかいそうち》だとすれば、宝《たから》はトレジャー・プラネットの中心部《ちゅうしんぶ》に埋《う》められたってことになる！」

海賊《かいぞく》たちはにわかに元気《げんき》づいて、つるはしとシャベルをつかみ、地面《じめん》を掘《ほ》りはじめた。すると、カーン！　地下《ちか》のかたい金属《きんぞく》にふれて音《おと》をたてた。海賊《かいぞく》たちは手《て》を止《と》めると、呆然《ぼうぜん》としてたがいの顔《かお》を見合《みあ》わせた。

「いったい、どうやって宝《たから》を手《て》に入《い》れるんだ？」

シルバーがじりじりしながら質問《しつもん》する。

「正《ただ》しい入《い》り口《ぐち》をひらきさえすれば……手《て》に入《はい》る。」

ジムは答《こた》えた。そして、立体地図《りったいちず》の中央《ちゅうおう》に目《め》をやった。そこにはトレジャー・プラネットの形《かたち》に似《に》た印《しるし》が見《み》える。ジムはその印《しるし》に指《ゆび》をふれた。

突然《とつぜん》の閃光《せんこう》とともに、三角形《さんかくけい》の入《い》り口《ぐち》の向《む》こう側《がわ》に、ひっそりとした暗《くら》い部屋《へや》があらわれた。

19 きらめく宝《たから》の山《やま》

ジムは三角形《さんかくけい》の入《い》り口《ぐち》に腕《うで》をのばし、異《こと》なる次元《じげん》に入《はい》れるかどうかたしかめてから、入《い》り口《ぐち》を通《とお》りぬけた。海賊一味《かいぞくいちみ》も、こわごわ入《い》り口《ぐち》をぬけた。中《なか》に入《はい》ったとたん、ジムと海賊一味《かいぞくいちみ》は唐突《とうとつ》に足《あし》を止《と》め、目《め》を大《おお》きく見《み》ひらいた。

見《み》わたすかぎり、宝《たから》の山《やま》がつづいているではないか！　やまぶき色《いろ》にかがやく金貨《きんか》、色《いろ》とりどりのきらめく宝石《ほうせき》、大理石《だいりせき》の彫刻《ちょうこく》、貴重《きちょう》な絵画《かいが》、黄金《おうごん》の武器《ぶき》……。

「星《ほし》から星《ほし》へとめぐって、うばった宝《たから》の山《やま》だ。」

シルバーは催眠術《さいみんじゅつ》にでもかかったようにつぶやくと、その場《ば》にひざまずいた。

「生涯《しょうがい》かけて探《さが》しつづけた宝《たから》を……ついに……この手《て》でつかめるんだ！」

うっとりした表情《ひょうじょう》で、黄金《おうごん》や宝石《ほうせき》をすくいあげる。

手下《てした》たちも、奇声《きせい》を発《はっ》して宝《たから》の山《やま》にとびこんだ。金貨《きんか》や宝石《ほうせき》を、やっきになってポケットにつめこみはじめる。

ジムは室内《しつない》を見《み》まわした。球形《きゅうけい》の広大《こうだい》な部屋《へや》全体《ぜんたい》が宝《たから》で埋《う》めつくされている。そして、球形《きゅうけい》の宝《たから》の部屋《へや》それ自体《じたい》は、トレジャー・プラネットの中央《ちゅうおう》に浮《う》いてただよっているのだ。

ジムが、さんぜんとかがやく室内《しつない》を見《み》まわしているかたわらで、ベンはそわそわと歩《ある》きまわっていた。何《なに》かが頭《あたま》のかたすみにひっかかっているのに、その何《なに》かの正《しょう》体《たい》を思《おも》いだせなかった。

「ごくありふれた……。」

ベンは切《き》りだした。

と、そのときジムは、宝《たから》がぎっしりと積《つ》まれたフリント船長《せんちょう》の海賊船《かいぞくせん》に気《き》づいた。

海賊船《かいぞくせん》は、宝《たから》の山《やま》のてっぺんにのっている。

ジムはひそひそ声《ごえ》で話《はな》しかけると、

「来《こ》い、ベン。ここからでるぞ。もちろん、宝《たから》ももらっていくけどね。」

ロボットの手《て》をつかみ、海賊船《かいぞくせん》のほうへひっぱった。そして海賊船《かいぞくせん》の操縦席《そうじゅうせき》にすわると、さびついた舵輪《だりん》をまわしてエンジンをかけようとした。ベンは船内《せんない》を見《み》まわした。

「何《なに》かが頭《あたま》のすみにひっかかってるんだ。どうもすっきり……。」

ベンは息《いき》をのんだ。

「フリント船長《せんちょう》だ！」

宝石《ほうせき》をちりばめた優雅《ゆうが》な椅子《いす》に、ぼろぼろの古《ふる》い服《ふく》と帽子《ぼうし》を身《み》につけたがいこつがすわっている。ジムとベンは、がいこつの前《まえ》に立《た》った。

「ずいぶん変《か》わっちゃったね、船長《せんちょう》。」

ベンはフリント船長《せんちょう》の残骸《ざんがい》に話《はな》しかけた。ジムが場所《ばしょ》をうつしても、ベンはそこから動《うご》こうとしなかった。

「何《なに》か、おそろしい秘密《ひみつ》があるはずなんだ。船長《せんちょう》がだれにも知《し》らせたくなかった秘《ひ》密《みつ》が。でも、どうしても思《おも》いだせない……。」

ベンはため息《いき》をつくと、

「記憶《きおく》がなくなるのって、ほんと、いやだね。」

ふとジムは、フリント船長《せんちょう》の手《て》に何《なに》かがにぎられていることに気《き》がついた。がいこつの指《ゆび》をこじあけてみた。船長《せんちょう》の手《て》ににぎられていたのは、ベンの失《うしな》われた記憶《きおく》回路《かいろ》のパーツだった!

「ベン、じっとしてろ。きみの記憶《きおく》が見《み》つかったみたいだ。」

ジムは、記憶回路《きおくかいろ》をベンの欠《か》けた後頭部《こうとうぶ》にはめこんだ。

ベンは両目《りょうめ》にはめこまれた望遠《ぼうえん》レンズの焦点《しょうてん》を合《あ》わせた。

「わあ！　こんちは！　ジミー、記憶《きおく》がすっかりよみがえってきたよ！　フリント船長《せんちょう》がぼくの記憶回路《きおくかいろ》を切断《せつだん》したのは、自分《じぶん》のしかけたわなをだれにも知《し》らせたくなかったからなんだ！　ぼく、おしゃべりだからさ。」

突然《とつぜん》、上《うえ》のほうで爆発《ばくはつ》が起《お》こり、球形《きゅうけい》の宝《たから》の部屋《へや》がゆれた。

「フリント船長《せんちょう》は、自分《じぶん》の宝《たから》をだれにもぬすまれたくなかったんだ！　だから、トレジャー・プラネット全体《ぜんたい》に無数《むすう》の爆破装置《ばくはそうち》をそなえつけたんだ。宝《たから》をぬすみに来《く》る者《もの》がいたら、この惑星《わくせい》ごと爆破《ばくは》させるためにね！」

ベンは説明《せつめい》した。

次々《つぎつぎ》に起《お》こる爆発《ばくはつ》が、宝《たから》の部屋《へや》をはげしくゆるがした。エネルギー光線《こうせん》が宝《たから》の部《へ》屋《や》の床《ゆか》を直撃《ちょくげき》し、巨大《きょだい》な割《わ》れ目《め》をつくった。宝《たから》の山《やま》がくずれ、床《ゆか》にできた割《わ》れ目《め》に金貨《きんか》や宝石《ほうせき》がすべり落《お》ちていく。

海賊《かいぞく》たちはその場《ば》に凍《こお》りつき、恐怖《きょうふ》の表情《ひょうじょう》でその光景《こうけい》を見《み》つめた。

ベンはジムの手《て》をつかんだ。

「走《はし》れ、ジミー！　ここにいたら死《し》んでしまう！」

しかし、ジムは、宝《たから》をぎっしりと積《つ》んだ海賊船《かいぞくせん》のそばから動《うご》こうとしなかった。海賊船《かいぞくせん》を操縦《そうじゅう》してここから脱出《だっしゅつ》できれば、一生裕福《いっしょうゆうふく》に暮《く》らしていけるだけの財宝《ざいほう》が手《て》に入《はい》るのだ。

「きみはひきかえして船長《せんちょう》と博士《はかせ》をたすけろ。もしも五分後《ふんご》にぼくがもどらなかったら、そのまま出発《しゅっぱつ》するんだ。トレジャー・プラネットから遠《とお》ざかれ！」

ジムはベンに指示《しじ》した。

「仲間《なかま》をおいて行《い》けないよ、ジミー。」

ジムはロボットをにらみつけた。

「そんな目《め》で見《み》るんだったら、べつだ。じゃあな、ジミー！」

ベンは手《て》をふって去《さ》っていった。

爆発《ばくはつ》の衝撃《しょうげき》で、宝《たから》の部屋《へや》がはげしくゆれる。おびえた海賊《かいぞく》たちは、三角形《さんかくけい》の入《い》り口《ぐち》にむかって走《はし》りだした。海賊《かいぞく》のうちの二人《ふたり》は、宝《たから》の箱《はこ》を運《はこ》びだそうとしてつまずき、かん高《だか》い悲鳴《ひめい》とともに床《ゆか》の割《わ》れ目《め》に落《お》ちていった。ほかの海賊《かいぞく》たちは、金貨《きんか》や宝石《ほうせき》をほうって逃《に》げだした。

「もどってこい、まぬけどもめ！」

シルバーは手下《てした》たちをどなりつけ、こぶしをにぎってふりまわした。金貨《きんか》や宝石《ほうせき》のほとんどは、深《ふか》い割《わ》れ目《め》に落《お》ちてしまった。シルバーはやっきになって、あたりを見《み》まわした。エンジンの動《うご》きだす音《おと》がひびいてきた。

シルバーは音《おと》のする方向《ほうこう》をふりかえった。ちょうどジムが、海賊船《かいぞくせん》の操縦席《そうじゅうせき》に乗《の》りこむところだった。シルバーはにんまりすると、海賊船《かいぞくせん》のほうへ歩《ある》いていった。

20 消《き》えた宝《たから》

ボートに残《のこ》っているドップラー博士《はかせ》とアメリア船長《せんちょう》のところにも、地震《じしん》を思《おも》わせるはげしいゆれは伝《つた》わっていた。しかし、ドップラー博士《はかせ》の注意《ちゅうい》はアメリア船長《せんちょう》に集中《しゅうちゅう》していた。

「申《もう》しわけない……わたしにもっと力《ちから》があれば……。」

博士《はかせ》はしずんだ口《くち》ぶりでいった。

二人《ふたり》は両手《りょうて》両足《りょうあし》をロープでしばられ、背中合《せなかあ》わせになってすわっていた。

「ばかなこといわないで。あなたがいてくれるから……心強《こころづよ》いわ。」

アメリア船長《せんちょう》は弱々《よわよわ》しい声《こえ》でつぶやいた。

「自分《じぶん》が、なさけない臆病者《おくびょうもの》になった気分《きぶん》だよ。」

ドップラー博士《はかせ》は両手《りょうて》で頭《あたま》をかかえこんだ。あれ？　手《て》が自由《じゆう》に動《うご》く。このとき初《はじ》めて、博士《はかせ》はロープがほどけていることを知《し》った。顔《かお》をあげると、宝探《たからさが》しにでかけた海賊《かいぞく》の仲間《なかま》たちが、こちらにむかって走《はし》ってくるのが見《み》えた。逃《に》げるなら、いましかない。

ドップラー博士《はかせ》は、見張《みは》り役《やく》の海賊《かいぞく》に話《はな》しかけた。

「ちょっとすまん、野蛮《やばん》な海賊《かいぞく》さん。」

メルトダウンは、げっぷとも返事《へんじ》ともつかない声《こえ》を発《はっ》した。

「そう、あんただよ。一つ、教《おし》えてくれんか。」

ドップラー博士《はかせ》はことばをついだ。

メルトダウンは博士《はかせ》のほうを見《み》た。

「あんたのちっぽけな頭《あたま》に、その体《からだ》じゃでかすぎるのか？　それとも、巨体《きょたい》にその頭《あたま》じゃ小《ちい》さすぎるのかな？」

メルトダウンは博士《はかせ》の体《からだ》をむんずとつかむと、宙《ちゅう》にひきあげた。

と、その瞬間《しゅんかん》、博士《はかせ》はメルトダウンの腰《こし》からレーザー銃《じゅう》をひきぬき、銃口《じゅうこう》を相手《あいて》の腹《はら》におしつけた。

「これは、あんたの銃《じゅう》か？」


宝《たから》の部屋《へや》では、フリント船長《せんちょう》の海賊船《かいぞくせん》がエンジン音《おん》をとどろかせていた。ジムは舵輪《だりん》の前《まえ》に立《た》ち、宝《たから》をぎっしりと積《つ》んだ海賊船《かいぞくせん》を慎重《しんちょう》に操縦《そうじゅう》しはじめた。

「おい、ジンボー！　まったく、おまえは天才《てんさい》だな！」

ジムの背後《はいご》から声《こえ》がひびいた。

ジムは、さっとふりかえった。シルバーが右足《みぎあし》をひきずりながら海賊船《かいぞくせん》に近《ちか》づいてくる。ジムは宝《たから》の山《やま》から黄金《おうごん》の剣《けん》をひきぬくと、するどい切《き》っ先《さき》をシルバーのほうへむけた。

「来《く》るな！」

ジムはさけんだ。

「おれは、おまえがすきだ。だが、その宝《たから》の山《やま》はわたさんぞ。宝探《たからさが》しに生涯《しょうがい》をかけてきたんだからな。」

シルバーは、ためらうようすもなく近《ちか》づいてくると、ジムがつかんでいる剣《けん》の先《さき》に胸《むね》をおしつけた。ジムは剣《けん》をおろした。どんなに宝《たから》がほしくても、シルバーを傷《きず》つけてまで手《て》に入《い》れたいとは思《おも》わない。

と、ふいに、強力《きょうりょく》なエネルギー光線《こうせん》が船尾《せんび》を直撃《ちょくげき》した。その瞬間《しゅんかん》、ガタン！　海《かい》賊船《ぞくせん》が大《おお》きくかしいだ。ジムとシルバーはふっとばされ、いきおいあまって甲板《かんぱん》の手《て》すりをこえてしまった。

シルバーは金属《きんぞく》のかぎ爪《づめ》を手《て》すりにひっかけてぶらさがり、そのままの体勢《たいせい》で顔《かお》をあげた。宝《たから》の山《やま》がくずれて海賊船《かいぞくせん》がますますかたむき、ずるずるとすべりはじめた。シルバーは、ぞっとした表情《ひょうじょう》になった。海賊船《かいぞくせん》も船内《せんない》の宝《たから》も、ぎらぎらと燃《も》えたつエネルギー光線《こうせん》にのみこまれそうになっているではないか！　強烈《きょうれつ》な光線《こうせん》をあびたら、何《なに》もかも瞬時《しゅんじ》に燃《も》えつきてしまう。

「やめろ！」

シルバーはわめいた。渾身《こんしん》の力《ちから》をこめて、海賊船《かいぞくせん》がエネルギー光線《こうせん》のほうへすべっていくのをくいとめようとした。だが、たとえ超人的《ちょうじんてき》な力《ちから》をもつサイボーグといえども、船《ふね》の動《うご》きをとめるのはむずかしい。と、そのとき、モーフが顔《かお》の近《ちか》くに飛《と》んできてシルバーの注意《ちゅうい》をひいた。

「何《なん》だ？」

シルバーは、モーフの指《ゆび》さす方向《ほうこう》に目《め》をやった。ジムが床《ゆか》にできた巨大《きょだい》な割《わ》れ目《め》にぶらさがっているのが見《み》えた。割《わ》れ目《め》のふちをかろうじてつかんでいる。

「ジンボー！」

シルバーは呼《よ》びかけた。金属《きんぞく》の手《て》を甲板《かんぱん》の手《て》すりにひっかけたまま、ジムのほうへ近《ちか》づこうとした。だが、船《ふね》はエネルギー光線《こうせん》のほうへすべりつづける。それでも、シルバーはあきらめなかった。右手《みぎて》で手《て》すりをつかんだまま、ジムのほうへ左手《ひだりて》をさしのべた。

「手《て》をつかめ！」

シルバーは大声《おおごえ》をあげた。ジムはシルバーのほうへ必死《ひっし》に手《て》をのばした。でも、とどかない。そのとき、ジムのつかんでいる割《わ》れ目《め》のふちがくずれはじめた。ジムの指《ゆび》がはずれそうになる。

「シルバー！」

ジムは夢中《むちゅう》で断面《だんめん》のでっぱりにしがみついた。だが、このままでは、いずれは深《ふか》い割《わ》れ目《め》に落《お》ちてしまう。

ジムをたすけるためには、シルバーは宝《たから》の山《やま》をすっぱりとあきらめて、甲板《かんぱん》の手《て》すりから手《て》をはなさなければならないのだ。シルバーはまよったすえに、ついに手《て》すりから右手《みぎて》をはずした。

「なんてお人《ひと》よしなんだ！」

シルバーは自分《じぶん》をののしると、すばやく割《わ》れ目《め》のふちまでかけよった。そして、ジムの手《て》をつかんで安全《あんぜん》にひきあげた。そのとき二人《ふたり》の目《め》に映《うつ》ったのは、フリント船長《せんちょう》の海賊船《かいぞくせん》が、エネルギー光線《こうせん》に完全《かんぜん》にのみこまれようとしている光景《こうけい》だった。

宝《たから》の山《やま》は、またたくうちに消《き》えてしまったのだ。

ジムとシルバーは、三角形《さんかくけい》の入《い》り口《ぐち》まで一目散《いちもくさん》にかけだした。入《い》り口《ぐち》を通《とお》りぬけて崖《がけ》にもどると、息《いき》を切《き》らしてあえいだ。ジムは荒《あら》い息《いき》をつきながら切《き》りだした。

「シルバー、あきらめたんだね……。」

「ああ、生涯《しょうがい》の夢《ゆめ》をな。」

二人《ふたり》は笑《わら》い声《ごえ》をあげた。しかし、まだ安全《あんぜん》ではなかった。崖全体《がけぜんたい》がくずれ落《お》ちそうになったのだ！

そのとき、レガシー号《ごう》があらわれた。船《ふね》を操縦《そうじゅう》しているのはドップラー博士《はかせ》だった。博士《はかせ》のかたわらには、アメリア船長《せんちょう》の姿《すがた》もあった。ロボットのベンは、船長《せんちょう》が指揮《しき》をとるべきブリッジ（甲板上《かんぱんじょう》の見張《みは》りやぐら）にすわって手《て》をふっている。

「おーい、いそげ！　きっかり二分《ふん》三十四秒後《びょうご》には、トレジャー・プラネットが自《じ》爆《ばく》するぞ！」

ベンが大声《おおごえ》で呼《よ》びかける。

レガシー号《ごう》が近《ちか》づくやいなや、ジムとシルバーは甲板《かんぱん》の手《て》すりをこえて乗《の》りこんだ。間一髪《かんいっぱつ》だった。崖《がけ》がくずれ落《お》ちたのは、二人《ふたり》が乗船《じょうせん》した直後《ちょくご》だった。

「ただちに、ここから脱出《だっしゅつ》しましょう、ロボットくん！」

アメリア船長《せんちょう》はベンに声《こえ》をかけた。

「はい、船長《せんちょう》！」

ベンは敬礼《けいれい》して、推進装置《すいしんそうち》を稼動《かどう》させた。

ミサイルさながらにふりかかってくる破片《はへん》やがれきをあびながら、レガシー号《ごう》は
トレジャー・プラネットから遠《とお》ざかりはじめた。

シルバーは、アメリア船長《せんちょう》に愛想《あいそ》よくほほえみかけた。

「船長《せんちょう》、おめでとう！　間一髪《かんいっぱつ》で命拾《いのちびろ》い……。」

「たわごとは裁判官《さいばんかん》のためにとっておきなさい、シルバー！」

アメリア船長《せんちょう》はぴしゃりといった。

突然《とつぜん》、飛《と》んできた大《おお》きな金属片《きんぞくへん》がレガシー号《ごう》のマストを直撃《ちょくげき》し、帆《ほ》をひきさいた。

折《お》れたマストがレーザー砲《ほう》に衝突《しょうとつ》した。船《ふね》のスピードが急速《きゅうそく》ににぶり、ギシギシときしるような音《おと》をたてはじめた。

「後方《こうほう》マストが折《お》れました、船長《せんちょう》！　推進力《すいしんりょく》も三十パーセントまで落《お》ちました。」

ベンがあわてて報告《ほうこく》する。

「三十パーセント？　だめだ。安全《あんぜん》な場所《ばしょ》へ遠《とお》ざかるまでに、トレジャー・プラネットが自爆《じばく》してしまう！」

ドップラー博士《はかせ》は、心配《しんぱい》そうな表情《ひょうじょう》でアメリア船長《せんちょう》を見《み》た。

ジムはブリッジにかけあがると、いまも宙《ちゅう》に浮《う》いている三角形《さんかくけい》の入《い》り口《ぐち》をふりかえった。その瞬間《しゅんかん》、アイディアがひらめいた！

21　決死《けっし》の脱出《だっしゅつ》

「船《ふね》をU《ユー》ターンさせるんだ！　ここから脱出《だっしゅつ》するためには、あの入《い》り口《ぐち》を通《とお》りぬけるしかない。」

ジムはさけんだ。ブリッジをでて甲板《かんぱん》にとびおりると、こわれたレーザー砲《ほう》のほうへ走《はし》っていった。

「水《みず》をさすようだが、ジム、あの入《い》り口《ぐち》は、おそろしい地獄《じごく》に通《つう》じてるはずだろ？」

ドップラー博士《はかせ》が口《くち》をはさんだ。

「そう！　でも、ぼくには変《か》えられるんだ。別《べつ》の入《い》り口《ぐち》をあけるつもりだよ。」

ジムは、レーザー砲《ほう》の長《なが》い破片《はへん》とシリンダーをロープで結《むす》びはじめた。

ドップラー博士《はかせ》はアメリア船長《せんちょう》に話《はな》しかけた。

「船長《せんちょう》、はたしてジムのいう方法《ほうほう》が……。」

「トレジャー・プラネットの爆発《ばくはつ》まで一分《ぷん》二十九秒《びょう》。」

ベンが告《つ》げた。

シルバーは甲板《かんぱん》の手《て》すりから身《み》をのりだすと、機械製《きかいせい》の右目《みぎめ》を利用《りよう》して、三角形《さんかくけい》の入《い》り口《ぐち》をコントロールする立体地図《りったいちず》をクローズアップしてみた。立体地図《りったいちず》は、いまも入《い》り口《ぐち》のそばに浮《う》かんでいる。

「ジムのいうとおりにしろ！」

シルバーはほかのメンバーたちに呼《よ》びかけると、ジムの手伝《てつだ》いをはじめた。

「どうすればいい？」

「これとあれをくっつけたいんだ。」

ジムは、筒状《つつじょう》になった三つのシリンダーと長《なが》い金属《きんぞく》の破片《はへん》を指《ゆび》さした。

シルバーは右腕《みぎうで》をバーナーに変《か》えると、金属《きんぞく》と三つのシリンダーをすばやく溶接《ようせつ》した。帆《ほ》はないが、ソーラー・ボードに早変《はやが》わりだ。シルバーはジムに手《て》を貸《か》し、即席《そくせき》のソーラー・ボードを手《て》すりの上《うえ》に運《はこ》びあげた。

「どんなことがあっても、船《ふね》をまっすぐあの入《い》り口《ぐち》にむかってすすめること。」

ジムは指示《しじ》した。

「五十八秒《びょう》！」

ベンの声《こえ》がひびく。

ジムは一つめのシリンダーを強《つよ》くけって点火《てんか》し、いきおいよく宙《ちゅう》へ飛《と》びだした。

すぐさま、シルバーがドップラー博士《はかせ》とアメリア船長《せんちょう》をふりかえる。

「指示《しじ》をきいたろ！　このポンコツをU《ユー》ターンさせな！」

ドップラー博士《はかせ》は船長《せんちょう》を見《み》た。

アメリア船長《せんちょう》は少《すこ》し考《かんが》えたのちに、

「ドクター、方向転換《ほうこうてんかん》して、入《い》り口《ぐち》をめざして！」

「はい、船長《せんちょう》！」

ドップラー博士《はかせ》はレガシー号《ごう》をU《ユー》ターンさせると、すさまじい爆音《ばくおん》をききながら三角形《さんかくけい》の入《い》り口《ぐち》をめざしてすすみはじめた。


一方《いっぽう》、ジムは、入《い》り口《ぐち》をコントロールする立体地図《りったいちず》の近《ちか》くまですすんでいた。そのとき、一つめのシリンダーのパワーがなくなった。二つめのシリンダーをけってギアを入《い》れ、爆発《ばくはつ》した破片《はへん》やがれきをたくみにかわしながら、猛然《もうぜん》とつきすすんだ。崖《がけ》と三角形《さんかくけい》の入《い》り口《ぐち》が、すぐ前方《ぜんぽう》にせまってきた。入《い》り口《ぐち》の向《む》こう側《がわ》に目《め》をやると、宝《たから》の部屋《へや》で猛威《もうい》をふるう炎《ほのお》が見《み》える。

入《い》り口《ぐち》をコントロールする地図《ちず》のすぐそばまですすんだとき、ドッカーン！　大《だい》爆発《ばくはつ》が起《お》こり、行《ゆ》く手《て》に機械装置《きかいそうち》の破片《はへん》がとんできた。ジムはボードをジグザグにすすませながら破片《はへん》をさけた。

「あと二十五秒《びょう》！」

ベンがさけぶ。

と、そのとき、ボードのパワーが切《き》れた。ジムは、三つめのシリンダーをけって点火《てんか》しようとした。ところが、火《ひ》がつかない。どんなに強《つよ》くけってもだめだった。

「わあーっ……！」

パワーを失《うしな》ったジムのボードは、きりきり舞《ま》いしながら深《ふか》い割《わ》れ目《め》の中《なか》へと落下《らっか》しはじめた。

シルバーは、ぎょっとした。

「がんばれ、ジンボー！」

「あと十七秒《びょう》！」

ベンがさけんだ。

ジムの頭《あたま》をさまざまな思《おも》いがよぎる。最後《さいご》のシリンダーに火《ひ》がつきさえすれば、入《い》り口《ぐち》の向《む》こう側《がわ》の景色《けしき》を変《か》えることができるのに！　その瞬間《しゅんかん》、アイディアがひらめいた。金属《きんぞく》ボードのへりを崖《がけ》にこすりつけて、火花《ひばな》を起《お》こす。その火花《ひばな》でシリンダーに点火《てんか》したのだ。

爆風《ばくふう》におしあげられ、ジムは一気《いっき》に割《わ》れ目《め》からぬけだした。入《い》り口《ぐち》をコントロールする立体地図《りったいちず》まで、わずかに数《すう》十センチだ。

「七……六……五……四……三……二……。」

ベンがカウントダウンする。

残《のこ》り一秒《びょう》を切《き》ろうとしているとき、ジムが三日月形《みかづきがた》の印《しるし》に指《ゆび》をふれた。三角形《さんかくけい》の入《い》り口《ぐち》がきらめいた。

レガシー号《ごう》が入《い》り口《ぐち》を通《とお》りぬけたのは、トレジャー・プラネットが巨大《きょだい》な火《ひ》の玉《たま》となって爆発《ばくはつ》する寸前《すんぜん》だった。

22　目標《もくひょう》にむかって

レガシー号《ごう》は入《い》り口《ぐち》をつきぬけ、おだやかな宇宙空間《うちゅうくうかん》にとびこんだ。巨大《きょだい》な宇宙《うちゅう》港《こう》として知《し》られるクレセンティアが見《み》える。ぶじにモントレッサ星《せい》にもどることができるのだ！

だが、ジムはどこに？　レガシー号《ごう》に乗船《じょうせん》しているメンバーたちは、三角形《さんかくけい》の入《い》り口《ぐち》をふりかえった。

と、そのとき、ジムの姿《すがた》が視界《しかい》に入《はい》ってきた。トレジャー・プラネットが爆発《ばくはつ》した瞬間《しゅんかん》、目《め》のくらむような閃光《せんこう》を背《せ》に、シルエットになって浮《う》かびあがった。その直後《ちょくご》、三角形《さんかくけい》の入《い》り口《ぐち》は、あとかたもなく消《き》えてしまった。

「はっはっはっ！　やれ、ありがたや！　でかしたぞ、ジム！」

シルバーは陽気《ようき》な声《こえ》をあげると、ほかの乗組員《のりくみいん》を見《み》まわした。

「あいつには見《み》どころがあるって、おれ、いわなかったか？」

ジムがレガシー号《ごう》にもどってくると、乗組員《のりくみいん》たちは、わーっと歓声《かんせい》をあげた。ドップラー博士《はかせ》とアメリア船長《せんちょう》は、感《かん》きわまって思《おも》わずだきあい、たがいにおどろいて目《め》をまるくした。とまどいと照《て》れくささを感《かん》じながらほほえみあい、レガシー号《ごう》に乗《の》りこむジムに手《て》を貸《か》した。

「正式《せいしき》なやり方《かた》とはいえないけど、効果抜群《こうかばつぐん》だったわね。あなたさえその気《き》があれば、よろこんで惑星間《わくせいかん》アカデミーに推薦《すいせん》するわ。」

アメリア船長《せんちょう》は若《わか》いジムを祝福《しゅくふく》し、心《こころ》からほめたたえた。

ジムは、あぜんとして船長《せんちょう》を見《み》た。冒険《ぼうけん》の旅《たび》にでる前《まえ》は、惑星間《わくせいかん》アカデミーに入《はい》れるなんて夢《ゆめ》にも思《おも》わなかった。歴史《れきし》と伝統《でんとう》のあるアカデミーで学《まな》べるなんて、最《さい》高《こう》だ！　これ以上《いじょう》、光栄《こうえい》なことがあるだろうか？　ジムの顔《かお》に、しだいに笑《え》みがひろがった。

甲板《かんぱん》のすみでは、シルバーがほこらしげな顔《かお》で、たくましく成長《せいちょう》したジムをながめていた。父親《ちちおや》のような気分《きぶん》になっていたのだ。

「おいおい、決《き》めるのは母《かあ》さんに相談《そうだん》してからにしろ。生命《せいめい》の危険《きけん》にさらされたエピソードだけは、ひかえめに報告《ほうこく》するつもりだがね。」

ドップラー博士《はかせ》が冗談《じょうだん》めかしていう。

ベンは興奮《こうふん》してまくしたてた。

「ジミー、一生《いっしょう》の思《おも》い出《で》だ！　きみは感動《かんどう》しないだろうけど、だきしめられる覚悟《かくご》をしたほうがいいよ。だって、いますぐ、だきしめるから。」

長《なが》い手《て》をジムの体《からだ》にまきつけた。ジムも負《ま》けずにだきしめた。

「おお、ジミー、初《はじ》めてだきしめてくれたね！」

ベンは感激《かんげき》して涙《なみだ》ぐむと、

「泣《な》かないって約束《やくそく》したのに！」

ジムはほほえみながら甲板《かんぱん》を見《み》まわし、シルバーをさがした。だが、サイボーグの姿《すがた》はどこにもなかった！


そのころ、シルバーは人目《ひとめ》をぬすんでレガシー号《ごう》の格納庫《かくのうこ》に入《はい》り、ボートのもやい綱《づな》をほどこうとしていた。モーフは近《ちか》くをただよっている。

「モーフ、いそいでずらかろうぜ！」

シルバーは小《ちい》さなペットに声《こえ》をかけた。だれにも知《し》られずに姿《すがた》を消《け》したかった。

「どこにも行《い》かないよね？」

突然《とつぜん》、声《こえ》がひびいた。

シルバーはびくっとして、後《うし》ろをふりかえった。ジムが格納庫《かくのうこ》の入《い》り口《ぐち》に立《た》っている。

「おう、ジンボーか！」

シルバーはぎこちなく笑《わら》った。

「えーと……もやい綱《づな》を調《しら》べていたところだ。ゆるんでないかと思《おも》ってな。」

ジムはボートに近《ちか》づくと、シルバーがほどこうとしていた綱《つな》をきつく結《むす》んだ。

シルバーは苦笑《くしょう》すると、

「おまえをきたえすぎたらしい。もっと手《て》かげんすればよかったな。」

長《なが》いあいだ、じっとジムを見《み》つめた。

「ムショ行《ゆ》きは願《ねが》いさげにしたいんだ。モーフをとじこめるのは、かわいそうだしな。自由《じゆう》をうばわれたら、どんなに悲《かな》しむか。」

ジムはためらったすえに、もやい綱《づな》をほどくと格納庫《かくのうこ》のハッチをあけた。

シルバーは安堵《あんど》のため息《いき》をつくと、ジムに温《あたた》かいまなざしをむけた。

「おれたちといっしょに行《い》くか、ジンボー？」

「おれたちといっしょに行《い》くか。」

モーフは口《くち》まねすると、海賊《かいぞく》の帽子《ぼうし》に変身《へんしん》してジムの頭《あたま》にのっかった。

「おまえとおれ、ホーキンスとシルバー！　だれにもしばられず、自由《じゆう》に生《い》きていけるんだ！」

シルバーはにんまりした。

ジムはシルバーを見《み》ながら考《かんが》えた。それから、泣《な》き笑《わら》いに似《に》た表情《ひょうじょう》を見《み》せ、海賊《かいぞく》の帽子《ぼうし》をそっとぬいだ。

「航海《こうかい》にでる前《まえ》だったら、よろこんでついていったと思《おも》う。でも、経験《けいけん》ゆたかなサイボーグに出会《であ》い、彼《かれ》に教《おし》えられた。自分《じぶん》で舵《かじ》をとり、自分《じぶん》で針路《しんろ》を決《き》めろってね。だから、そうするつもりだよ。」

ジムは淡々《たんたん》といい、ハッチの下《した》のほうできらめいている星《ほし》を見《み》つめた。

シルバーはジムのかたわらに立《た》った。

「で、おまえの船首《せんしゅ》の先《さき》には何《なに》が見《み》える？」

「未来《みらい》。」

ジムは、自信《じしん》と誇《ほこ》りにみちた表情《ひょうじょう》でシルバーを見《み》た。

シルバーの目《め》に涙《なみだ》が浮《う》かんだ。

「見《み》ろよ、おまえの顔《かお》を！　太陽《たいよう》のようにかがやいてるぜ！　やっぱり、おれがにらんだとおり、見《み》どころのあるやつだ。」

突然《とつぜん》、シルバーはジムを荒《あら》っぽくだきよせた。

シルバーの肩《かた》に顔《かお》を埋《う》めるジムの目《め》にも、涙《なみだ》が光《ひか》っていた。抱擁《ほうよう》をとくと、二人《ふたり》は顔《かお》を見合《みあ》わせた。

「サイボーグの目《め》に油《あぶら》をさしすぎたらしい。」

シルバーは、はなをすりながらいった。

モーフは、さようならのしるしにジムのほおに体《からだ》をこすりつけ、涙《なみだ》をぽろぽろこぼした。ジムはほほえむと、モーフの腹《はら》をかいてやった。

「モーフ……きっと会《あ》いに行《い》くよ。いいね？」

「きっと会《あ》いに行《い》くよ。」

モーフは同《おな》じことばをくりかえし、シルバーのところへもどった。

シルバーは、モーフとジムを見《み》くらべたのち、すばやく心《こころ》を決《き》めた。

「モーフ、おまえに仕事《しごと》をいいつける。この坊《ぼう》やから目《め》をはなすな。」

おだやかに切《き》りだすと、ジムをあごでしゃくった。

「どうだ？　やれるか？」

モーフはうれしそうにうなずくと、シルバーのほおに体《からだ》をすりよせた。それから、ジムのかたわらに飛《と》んでいった。

一瞬《いっしゅん》、ジムは目《め》をまるくした。シルバーにとって、モーフはペット以上《いじょう》の意味《いみ》がある。モーフはシルバーの親友《しんゆう》なのだ。

シルバーはにやりと笑《わら》うと、ボートのほうへ歩《ある》きだした。途中《とちゅう》でジムをふりかえると、

「おっと、もう一つあった。」

そういって、ポケットからひとにぎりの金貨《きんか》と宝石《ほうせき》をとりだし、ジムにむかってほうった。宝《たから》の部屋《へや》がくずれる前《まえ》に、すばやくちょうだいしたのだ。

「おふくろさんにだ。宿屋《やどや》を建《た》てなおすのに役《やく》だててくれ。」

ウインクしてからボートに乗《の》りこんだ。

ジムは、ハッチからでていくボートを見送《みおく》った。

「めんどうを起《お》こさないでね、ならず者《もの》の海賊《かいぞく》さん。」

「おれがめんどうを起《お》こさなかったことがあるか？」

シルバーは豪傑笑《ごうけつわら》いをひびかせながら、広《ひろ》い宇宙《うちゅう》へと旅立《たびだ》っていった。

エピローグ

ジムは、母《はは》の待《ま》つ故郷《こきょう》にもどった。ドップラー博士《はかせ》がいったように、冒険《ぼうけん》の旅《たび》がジムをひとまわり大《おお》きくしていた。シルバーにもらった金貨《きんか》と宝石《ほうせき》が、ベンボウ亭《てい》の再建《さいけん》に役《やく》だてられた。モーフとベンは、宿屋《やどや》の建《た》てなおしを手伝《てつだ》った。

ベンボウ亭《てい》の経営《けいえい》が再開《さいかい》されると、ジムは惑星間《わくせいかん》アカデミーで学《まな》ぶために、ふたたび家《いえ》をでた。アメリア船長《せんちょう》の推薦《すいせん》を受《う》け入《い》れたのだ。

ドップラー博士《はかせ》とアメリア船長《せんちょう》は結婚《けっこん》して、四児《じ》の親《おや》となった。そして、息子《むすこ》のジムのかわりに、サラの相談役《そうだんやく》として、いつも親身《しんみ》になってアドバイスしたり、ぐちをきいたりした。

それから数年後《すうねんご》、ジムはソーラー宇宙船《うちゅうせん》の船長《せんちょう》となり、乗組員《のりくみいん》を指揮《しき》するまでに成長《せいちょう》した。

ジムは船長《せんちょう》になったいまでも、夜《よる》になって広《ひろ》い宇宙《うちゅう》をながめていると、シルバーのウインクや豪快《ごうかい》な笑《わら》い声《ごえ》を思《おも》いだすことがある。そのたびに、ひとりでに口《くち》もとがほころんだ。

あのにくめない海賊《かいぞく》は、ジムのために宝探《たからさが》しを手伝《てつだ》ってくれた。ジム自身《じしん》の内面《ないめん》にある宝探《たからさが》しを手伝《てつだ》ってくれたのだ。

いつかどこかでシルバーに会《あ》えたなら、人生《じんせい》の目標《もくひょう》を定《さだ》め、その目標《もくひょう》にむかってとことんがんばっている姿《すがた》を見《み》てほしい。ジムは、そう思《おも》わずにいられなかった。

（おわり）

#「トレジャー・プラネット」解説《かいせつ》

橘高弓枝《きったかゆみえ》

ディズニー製作《せいさく》の「トレジャー・プラネット」は、不朽《ふきゅう》の冒険小説《ぼうけんしょうせつ》「宝島《たからじま》」を下地《したじ》にした長編《ちょうへん》アニメーションです。銀河《ぎんが》のかなたを舞台《ぶたい》に、ファンタジー・アドベンチャーがくりひろげられます。

原作《げんさく》の「宝島《たからじま》」は、イギリスの作家《さっか》、ロバート・ルイス・スティーブンソンの長編小説《ちょうへんしょうせつ》としてあまりにも有名《ゆうめい》です。

小説《しょうせつ》の主人公《しゅじんこう》ジム・ホーキンス少年《しょうねん》は、海賊《かいぞく》フリントの財宝《ざいほう》がかくされているという島《しま》の地図《ちず》を、ふとしたことから手《て》に入《い》れます。そして、医者《いしゃ》のリブジー、地主《じぬし》のトリローニ氏《し》、スモレット船長《せんちょう》らとともに宝島《たからじま》をめざして航海《こうかい》にでます。

ところが、海賊《かいぞく》フリントの昔《むかし》の手下《てした》たちも、島《しま》にかくされている財宝《ざいほう》をねらっていました。ジムたちの一行《いっこう》は海賊《かいぞく》たちと死闘《しとう》をくりひろげたすえに、ついに宝《たから》を手《て》に入《い》れるのです。

冒険小説《ぼうけんしょうせつ》としての魅力《みりょく》がふんだんにもりこまれた「宝島《たからじま》」は、一八八三年《ねん》にイギリスで出版《しゅっぱん》されて以来《いらい》、世界中《せかいじゅう》で読《よ》みつがれてきました。海賊《かいぞく》、かくされた財宝《ざいほう》、スリルにみちた冒険《ぼうけん》……読者《どくしゃ》の想像力《そうぞうりょく》をかきたてる要素《ようそ》が、随所《ずいしょ》にちりばめられています。

しかし、この作品《さくひん》が読者《どくしゃ》の心《こころ》をひきつけるのは、スリリングなストーリー展開《てんかい》のせいばかりでなく、登場人物《とうじょうじんぶつ》たちのキャラクターが、たくみに描《えが》きわけられているからです。

なかでも、ジムたちが乗《の》った帆船《はんせん》で料理番《りょうりばん》をしている一本足《いっぽんあし》のジョン・シルバーは、生《い》き生《い》きとした独特《どくとく》の個性《こせい》の持《も》ち主《ぬし》として描《えが》かれています。ずるがしこくてしたたかな悪党《あくとう》でありながら、どこかにくめない、ユーモラスな面《めん》をそなえています。

原作者《げんさくしゃ》のロバート・ルイス・スティーブンソン（一八五〇〜一八九四年《ねん》）は、裕福《ゆうふく》な灯台建築技師《とうだいけんちくぎし》の一人息子《ひとりむすこ》としてイギリスのエジンバラで生《う》まれました。父《ちち》の仕事《しごと》をつぐためにエジンバラ大学工学部《だいがくこうがくぶ》に入学《にゅうがく》しましたが、おさないころから体《からだ》が弱《よわ》かったために法学部《ほうがくぶ》に移《うつ》り、卒業後《そつぎょうご》は弁護士《べんごし》として開業《かいぎょう》しました。

しかし、肺結核《はいけっかく》をわずらったためにその仕事《しごと》をやめ、転地療養《てんちりょうよう》をしながら紀行文《きこうぶん》や随筆《ずいひつ》、短編小説《たんぺんしょうせつ》などを書《か》くようになりました。

そして一八八一年《ねん》十月《がっ》から翌年《よくねん》一月《がっ》まで、「船《ふね》の料理番《りょうりばん》」というタイトルの小説《しょうせつ》を少年誌《しょうねんし》に連載《れんさい》しはじめます。やがてこの小説《しょうせつ》は、「宝島《たからじま》」というタイトルに改《あらた》められ、単行本《たんこうぼん》として出版《しゅっぱん》されました。「宝島《たからじま》」は大好評《だいこうひょう》を博《はく》し、作者《さくしゃ》のスティーブンソンは一躍《いちやく》、人気作家《にんきさっか》になりました。一八八六年《ねん》には、やはり傑作《けっさく》として名高《なだか》い怪奇小説《かいきしょうせつ》「ジキル博士《はかせ》とハイド氏《し》」を発表《はっぴょう》しています。

一八八九年《ねん》、スティーブンソンは南太平洋《みなみたいへいよう》のサモア諸島《しょとう》を永住《えいじゅう》の地《ち》と決《き》め、執筆《しっぴつ》活動《かつどう》に専念《せんねん》しはじめますが、一八九四年《ねん》十二月《がつ》三日《か》、脳出血《のうしゅっけつ》でたおれ、四十四歳《さい》の若《わか》さでこの世《よ》を去《さ》りました。

ディズニーの長編《ちょうへん》アニメーション「トレジャー・プラネット」は、物語《ものがたり》の舞台《ぶたい》を島《しま》から壮大《そうだい》な宇宙《うちゅう》へと移《うつ》し、宝探《たからさが》しの旅《たび》にでかける少年《しょうねん》の成長《せいちょう》を、愛《あい》と友情《ゆうじょう》をからめながら生《い》き生《い》きと描《えが》いています。

主人公《しゅじんこう》は、モントレッサ星《せい》に住《す》む十五歳《さい》のジム・ホーキンス少年《しょうねん》。ある日《ひ》、ジムは、瀕死《ひんし》の宇宙人《うちゅうじん》から黄金《おうごん》の球《たま》をわたされます。そのふしぎな球《たま》には、宝《たから》のありかを示《しめ》す地図《ちず》がかくされていたのです！

海賊《かいぞく》フリントの宝《たから》が眠《ねむ》るというトレジャー・プラネット（宝《たから》の惑星《わくせい》）の物語《ものがたり》にあこがれていたジムは、心《こころ》をはずませます。莫大《ばくだい》な財宝《ざいほう》を手《て》に入《い》れるチャンスです！

こうしてジムは伝説《でんせつ》のトレジャー・プラネットをめざし、お目付《めつ》け役《やく》のドップラー博士《はかせ》とともに故郷《こきょう》の星《ほし》をあとにして、宇宙船《うちゅうせん》レガシー号《ごう》で旅立《たびだ》つのです。

航海中《こうかいちゅう》、ジムはレガシー号《ごう》の料理係《りょうりがかり》として働《はたら》くジョン・シルバーと知《し》り合《あ》い、宇《う》宙《ちゅう》で生《い》きぬくためのさまざまな知恵《ちえ》を学《まな》びはじめます。そして、しだいにシルバーを信頼《しんらい》し、父《ちち》のように慕《した》いはじめるのです。

超新星《ちょうしんせい》の爆発《ばくはつ》、ブラックホール、レガシー号《ごう》に乗《の》りこんだ乗組員《のりくみいん》たちの反乱《はんらん》。ジムたち一行《いっこう》は、こうしたさまざまな危険《きけん》と苦難《くなん》を乗《の》りこえ、ついに、夢《ゆめ》にまで見《み》たトレジャー・プラネットにたどりつきます。しかし、この美《うつく》しい伝説《でんせつ》の惑星《わくせい》には、おそるべき陰謀《いんぼう》が待《ま》ちかまえていたのです……。

「トレジャー・プラネット」は、SF《エスエフ》の要素《ようそ》をふんだんに織《お》りこみつつ、過去《かこ》のものでも未来《みらい》のものでもない、ディズニーならではの独自《どくじ》のファンタジーの世界《せかい》を創《つく》りだしています。主人公《しゅじんこう》ジムとシルバーとのふれあい、そしてジムの成長《せいちょう》を軸《じく》にしながら、温《あたた》かな人間味《にんげんみ》やぬくもりを感《かん》じさせる感動《かんどう》のドラマがくりひろげられるのです。

登場《とうじょう》キャラクターも、個性《こせい》ゆたかな面々《めんめん》がそろっています。

女手《おんなで》一《ひと》つで宿屋《やどや》を切《き》り盛《も》りしながら一人息子《ひとりむすこ》のジムを育《そだ》ててきた母《はは》サラ、ジムとサラのよき相談相手《そうだんあいて》でもある宇宙物理学者《うちゅうぶつりがくしゃ》のドップラー博士《はかせ》、強《つよ》い意志《いし》と的確《てきかく》な判《はん》断力《だんりょく》をもつ美《うつく》しいアメリア船長《せんちょう》、おしゃべりなロボットのベン、どんなものにでも姿《すがた》を変《か》えられる液体生物《えきたいせいぶつ》のモーフ。家族《かぞく》を捨《す》てた父《ちち》の面影《おもかげ》を追《お》いつづけるジムをはげまし、ささえるのは、彼《かれ》らの愛《あい》と友情《ゆうじょう》です。

しかし、ジムについで重要《じゅうよう》な役割《やくわり》をになっているのは、財宝乗《ざいほうの》っ取《と》りをたくらむ海賊《かいぞく》の頭《かしら》、ジョン・シルバーでしょう。シルバーは体《からだ》の半分《はんぶん》が機械《きかい》でできたサイボーグですが、原作《げんさく》の「宝島《たからじま》」同様《どうよう》に、複雑《ふくざつ》な性格《せいかく》の持《も》ち主《ぬし》として描《えが》かれています。シルバーの大《おお》きな存在感《そんざいかん》が、ストーリーにいちだんと厚《あつ》みをくわえているのです。

また、伝統的《でんとうてき》な手描《てが》きアニメーションとCG《シージー》を融合《ゆうごう》した美《うつく》しい映像《えいぞう》が、神秘的《しんぴてき》な宇宙《うちゅう》を舞台《ぶたい》にしたこの物語《ものがたり》に奥行《おくゆ》きと深《ふか》みをそえています。

なんといっても圧巻《あっかん》は、ジムが空中《くうちゅう》でソーラー・ボードをあやつるシーンでしょう。自在《じざい》なカメラアングルが追《お》うジムのアクロバティックな動《うご》きには、手《て》に汗《あせ》にぎる迫力《はくりょく》があります。

十五歳《さい》のジム少年《しょうねん》は、試練《しれん》にみちた航海《こうかい》を経《へ》て、しだいにおとなへと成長《せいちょう》し、本当《ほんとう》の自分《じぶん》に目《め》ざめていきます。そして旅《たび》の終《お》わりには、ずっと探《さが》しつづけていた、かけがえのない「心《こころ》の宝物《たからもの》」を手《て》に入《い》れるのです。

なお、原作《げんさく》の「宝島《たからじま》」は、偕成社文庫《かいせいしゃぶんこ》に完訳版《かんやくばん》でおさめられています。本書《ほんしょ》「トレジャー・プラネット」とあわせて、この機会《きかい》に、ぜひ原作《げんさく》もお楽《たの》しみください。

橘高 弓枝（きったか ゆみえ）
広島県府中市に生まれる。同志社大学文学部英文学科を卒業。訳書に、『ベスト・キッド』『赤毛のアン』『若草物語』『マザー・テレサ』『コロンブス』『チャップリン』『モンゴメリ』『エルトン・ジョン』『ドボルザーク』『インデペンデンス・デイ』などがある。

編集・デザイン協力
宮田庸子
千葉園子
design staff DOM DOM

写真・資料提供
ウォルト・ディズニー・ジャパン㈱

ディズニーアニメ小説版 49
トレジャー・プラネット

NDC933　222P　18cm　　2003年6月　初版1刷

作　者　キキ・ソープ
訳　者　橘高《きったか》　弓枝《ゆみえ》
発行者　今村　正樹
印刷所　大日本印刷㈱
製本所　大日本製本㈱

発行所　株式会社　偕《かい》　成《せい》　社《しゃ》
〒162-8450　東京都新宿区市谷砂土原町3-5
TEL　03(3260)3221(販売部)
03(3260)3229(編集部)
http://www.kaiseisha.co.jp/

ISBN 4-03-791490-5　Printed in Japan

ディズニーアニメ小説版

ディズニーの話題作が小説版で登場！

©Disney／Pixar

1 トイ・ストーリー
2 ノートルダムの鐘
3 101匹わんちゃん
4 ライオン・キング
5 アラジン
6 アラジン完結編 盗賊王の伝説
7 ポカホンタス
8 眠れる森の美女
9 ヘラクレス
10 リトル・マーメイド～人魚姫
11 アラジン ジャファーの逆襲
12 美女と野獣
13 白雪姫
14 ダンボ
15 ふしぎの国のアリス
16 ピーター・パン
17 オリバー ニューヨーク子猫物語
18 くまのプーさん クリストファー・ロビンを探せ！
19 ムーラン
20 王様の剣
21 わんわん物語
22 ピノキオ
23 シンデレラ
24 ジャングル・ブック
25 美女と野獣 ベルの素敵なプレゼント
26 バンビ
27 ロビン・フッド
28 バグズ・ライフ
29 トイ・ストーリー2
30 ライオン・キングⅡ
31 ティガームービー プーさんの贈りもの
32 リトル・マーメイドⅡ
33 くまのプーさん プーさんとはちみつ
34 ダイナソー
35 ナイトメアー・ビフォア・クリスマス
36 おしゃれキャット
37 ビアンカの大冒険
38 102（ワン・オー・ツー）
39 ラマになった王様
40 わんわん物語Ⅱ
41 バズ・ライトイヤー 帝王ザーグを倒せ！
42 アトランティス 失われた帝国
43 モンスターズ・インク
44 きつねと猟犬
45 ビアンカの大冒険 ゴールデン・イーグルを救え！
46 シンデレラⅡ
47 ピーター・パン2 ネバーランドの秘密
48 リロ・アンド・スティッチ
49 トレジャー・プラネット

（以下、続刊）

偕成社《かいせいしゃ》 〒162-8450 東京都新宿区市谷砂土原町3-5 TEL.03-3260-3221／FAX.03-3260-3222
●お近くの書店でお求め下さい。偕成社へ直接注文もできます。e-mail：sales@kaiseisha.co.jp